FLORET
READING

小花阅读

我们只写有爱的故事

青春阅读　幸得相见

U0486740

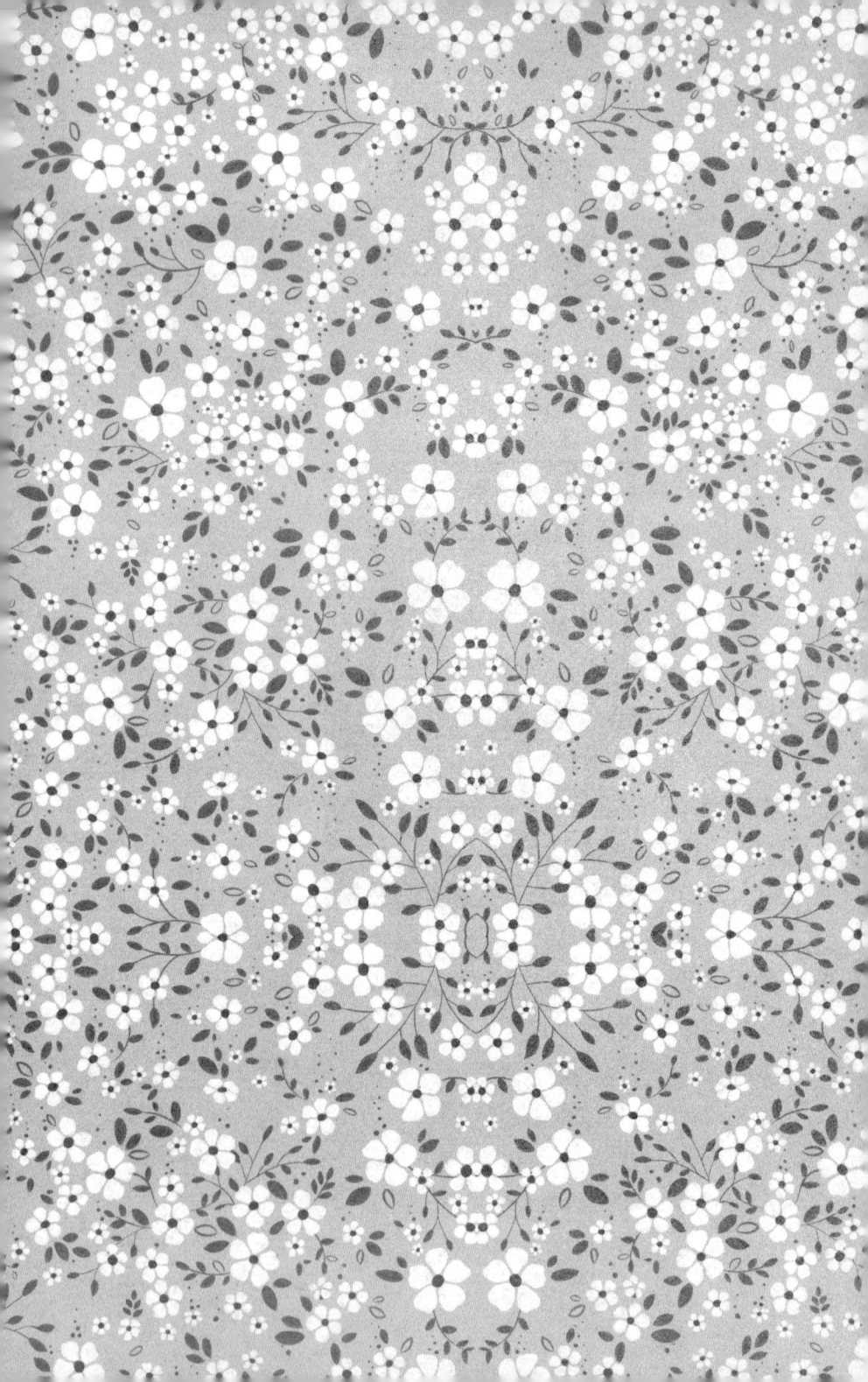

小花阅读【爱不嫌迟】系列05

桑枝

野桐 / 著

我喜欢你，
喜欢到想要跟你共用一个人生

有爱的青春陪伴者

贵州出版集团
贵州人民出版社

野桐 | 小花阅读签约作者

昵称李咯（lo 第一声）。
一棵来自四川南充的南方植物。白羊座，属性刚烈火热。
致力于生活中的所有反侦察活动，并且把这些用眼睛记录下的内容通过心灵的熬制奉献给大家。
梦想很大，先实现个小的——希望一只废咯也能熬出尊严。

个人作品：《刺槐》《花道之光》《桑枝》

作者前言
ZUOZHEQIANYAN

　　小的时候，我在每个虫鸣声的夜里常常幻想自己能够变成拯救世界的heroine，会飞，能打怪兽，甚至可以跳跃时空。这样的话，我就可以去到未来告诉自己：别吃太多了，其实你也可以当超模走T台的。

　　小的时候，我每个周末都跟我哥去我们家对面的废弃公园，那里有个很大的可以尽情挥洒汗水的足球场。等到晚上的时候，就可以吃到我爸做的酸菜鱼，现在想想也口水直流。

　　小的时候，每天下午放学后蹲守在电视机前看《七龙珠》，等播完之后，我的同桌刚好打电话来问我作业。这部动漫，陪伴了我十几年的时光，每一帧每一幕，都足够让我有流光眼泪。

　　我很喜欢小时候的我，一点也不偏执，性格讨人喜欢，没有很多奇奇怪怪的想法。想要做一件事的时候，可以什么都不管不顾。不像现在，做事犹犹豫豫，对未知的一切担惊受怕，所以一直原地踏步。

为什么要说这些呢？因为在这个故事里，是我好多好多想要回去的记忆。

滕知许和爷爷在乡下的小院屋子，干涸的田地和红色的砖瓦房。那是我每年暑假都要待上好长一段时间的地方。天幕里的星星，池塘边的蛙叫声，跟朋友提着水桶去地里抓鳝鱼……

桑爸热爱的足球，是好多男生青春时代的梦想。我曾经也在夜晚的无人街道上跟着那些大我好几岁的男孩子飞奔、喊叫。

中二的桑春来和莫羡，永远年轻，永远成长。

还有啊，还有好多的。

故事写到后半段的时候，我搬出来一个人住，每天晚上都在循环阿扣的歌。

那个才华横溢的小孩，从他默默无闻的时候我就是他的支持者，等待着他发光发热的一天。可惜的是，当初和他合作，一样是个小众流行的女歌手在 2016 年的某档音乐节目里已经名声大噪，而他还在承担过去犯下的错误。

我以为，他的时代还没有来，但总会来。现在，因为一些敏感的原因，就跟你说再见了，另外单纯地祝福你吧，永远不要跟这个世界妥协，永远不被这个世界改变。

　　写下这些话的今天，刚好来公司一周年的日子。跟当初一起实习的朋友聊起这一年，好像也没有做出多惊天动地的事情来，我想，应该是我还不够努力吧。

　　所以，在冬天就要来临的日子里，好想喝一杯加糖的热奶茶，然后元气满满地写下去，永不停歇。

　　Time waits for no one。

　　下个故事见。

小 花 阅 读

【爱不嫌迟】系列

FLORET
READING
▼

《春迟》
打伞的蘑菇 著

标签：医疗废品回收 | 两小无猜 | 三人游 | 女追男之路

内容介绍： 医疗器械回收厂厂长的女儿路冬夏为了替父亲分忧，拉到一门生意，却在过程中喜欢上了想要合作医院院长的儿子。女主路冬夏在追求男主穆迟深的过程中遇到了很多莫名其妙的危险，不过两人也在这些危险之中感情逐渐升温。

但最终，女主发现这一切的危险和医疗器械的问题都与自己的父亲有关。穆迟深揭露了冬夏爸爸的恶行，她爸爸在逃亡途中意外身亡。
路冬夏最终选择了离开，独自行走异乡……

《刺槐》
野桐 著

标签： 关注走失儿童 | 长腿警察叔叔 | 养成系 | 爱不嫌迟

内容介绍： 十五年前，一场救援行动，简桦初遇季诚楠。他是为人民服务也为她服务的警员，而她心有困兽，不让人靠近。

监护人与被监护人的关系，他用他心里仅存的善良关心照顾着这个女孩。

她忍受亲如家人的生离死别，他陪她一起面对。

她在学校生活里受尽欺凌，他把她推至前面让她学会反抗。

她萌生爱意，他却误以为是对另外一个人，把她推向别人。

她想要找回亲生父母，他虽不愿意却尽心帮忙。

季诚楠，我这一辈子，从坏到好，从死到生，都是你给我的。只要想到你的名字，哪怕前面是高山，是深海，是荆棘万里，我也义不容辞奔向你。

《骄阳》
晚乔 著

标签： 大学生裸贷 | 冥冥之中的相遇 | 女二是明星 | 小白兔的反扑

内容介绍： 家境贫寒的女大学生楚漫偶然认识了冷面律师沈澈，因为楚漫奶奶生病急需手术费，楚漫在法律意识薄弱的情况下，轻易将身份证交给闺蜜，在闺蜜的帮助下，奶奶手术费的贷款很快到账。

虽然解了这次的燃眉之急，楚漫却发现自己掉入了一个更大的深渊！

不久后，网上四处都是楚漫拿着身份证的"特殊照片"。

楚漫受到了来自社会和学校等各方面的漫骂。

无奈之下，她想到了沈澈——拥有一面之缘的知名大律师。

他，会帮她吗？

《繁星》
溯汀 著

标签：婚纱设计师 | 前任和婚礼 | 假扮情侣 | 听说爱像云

内容介绍：作为报复，桐衫在时装秀声名鹊起后，做的第一件事是亲手为前情敌准备了婚礼的礼服。

在婚礼现场，她不出意料地遇到了终止钢琴巡演来"抢婚"的杨斐。

高中时，她为生计早早挑起了家庭重担，跑到琴房偷偷做起了裁缝，而他为了陪她，找了个借口在她的缝纫机旁为她演奏钢琴。

少年少女不敢表达的心意最终酿成一场误会。

她逃离故乡，为了有一天能与他比肩，而他看着她留下的一堆碎布，不知哪个才是给他的衣裳。

多年后再相见，他问她："嫁衣，你敢不敢做？"

原来在最初的最初，小小的他说爱像云朵，飘忽不定。她摇头，手心摊开云朵状的棉团——"如果我爱他就要给他做件衣裳，牢牢地把他锁在身旁。"

《桑枝》
野桐 著

标签：买来的孩子 | 渴望被爱的灵魂 | 男追女 | 步步紧逼

内容介绍：一起天台跳楼案件，将两段相似的双面人生交织在一起。

一个是身有金光的谈判专家，一个是善恶分明的问题女侠。

人前，他是营南市最有前途的谈判高手；人后，他是滕家随时可以丢弃的被买来的孩子。

人前，她是风风火火嫉恶如仇的新闻女记者；人后，她是努力生长不让家人担心的一株蒲草。

十七岁的桑几枝初遇滕知许的时候就对他唯恐避之不及，再相遇时，他步步紧逼："你愿意跟我共用一个人生吗？"

绑架案、行贿案、杀人案接连而来，亲生母亲的回国，十八年前贪污案的真相渐渐浮出水面。

与《桑枝》有关的
那些事

新闻背景

　　《中华人民共和国刑法》第二百四十一条规定：收买被拐卖的妇女、儿童的，处三年以下有期徒刑、拘役或者管制。

　　买卖儿童是犯法的，这众所周知。但严酷的法律并没有抑制一些罪恶之手，买卖儿童事件屡禁不止，更甚一些为人父母为了一己之私，亲手卖掉了自己的子女……

野桐

　　这个故事的开始，是因为胡姐姐给我的一段小素材。

　　被买来的小孩，家里也不管，一直丢在爷爷家生活，不怎么爱说话，只有爷爷疼他。后来爷爷去世，就再也没有人真的喜欢他了。再后来，养父母的亲生孩子出生，所有人都叫他一切让着弟弟，不要抢弟弟的东西，渐渐地，他更不愿意跟人沟通。

就短短的几行字，我几乎哽咽。

在自我的成长环境里，我见过很多这样差不多的真人真事，被拐卖而来，险境里生长，对未来迷茫身有重负艰难前行，想一想，就觉得让人难过。

跟《刺槐》一样，两个故事都涉及"拐卖"这个标签，不一样的是，《桑枝》写的是在买卖家庭里的故事，幼年时孤苦可怜，长大后外人眼里风光，其实在他的骨子里，那些早早种在血液里的东西总有一天会复发、重新滋长出来吧。

我喜欢这个世界，可是对于社会，有太多的不尽如人意和鲜血淋淋，我不知道什么时候这个美丽的世界里包容着的社会重新回到纯白的那一天，但是我在很尽力很尽力的去挖开丑陋并且填补上一个美好的结局了。

最后，希望我爱着的人和世界上的每一个人，都能走出黑暗。

小编寄语

就算生于泥泞也要开出美丽的花。

目录

SANG ZHI

001 【第一章】
他的声音里,是隔着江海,逆风而来的惊涛骇浪沉寂之后仍然不息的滚滚波涛。

015 【第二章】
她不知道,她这前半生,整整二十三年,用玩笑和故作的坚强日日挪砖砌瓦堆起的堡垒,即将塌陷。

026 【第三章】
这一生从头到尾,从生到死,都只能在泥泞里挣扎,从他到滕家的第一天开始。

036 【第四章】
金光之所以闪烁,是因为背后有太阳。

048 【第五章】
你很顽强地活着,很用力很用力地不让自己睡着,这些年,你没有让我失望。

062 【第六章】
只有他们两人才能听见的声音,突然变成他们两人之间别人都不知道的秘密。

074 【第七章】
她什么都记得,记得爱,记得恨,记得流淌过时间的河岸边,她真正笑过。

086 【第八章】
我何曾拥有过你,明明是你,一直牵动着我,从来没有放过我。

099 【第九章】
我害怕哪一天,我爱上一个人,然后他走了,我就会忘了该怎么爱自己了。

111 【第十章】
我喜欢你,喜欢你,喜欢到想要跟你共用一个人生。

目录

SANG ZHI

123 【第十一章】
成年人世界的交往法则里,进和退,只是因为爱和不爱。

136 【第十二章】
桑几枝,我很糟糕的。没有人陪的时候,我真的很糟糕。

147 【第十三章】
没有人疼爱,是他降临人世以来的原罪。

162 【第十四章】
相爱的人依然相爱,颠倒的人生也马上如同每一年的这个时候,开始扭转翻滚。

176 【第十五章】
那些你以为在悄悄变化的事情其实依然保持原样。

189 【第十六章】
他也好想能站在山巅之上,仔细地看清这个世界啊。

202 【第十七章】
用我剩下的几十年,加倍喜欢你。

215 【第十八章】
她想要眼前的人少一些烦恼,多一点开心。

227 【第十九章】
名与利,都在一念之间。

239 【第二十章】
我依然是你的铠甲,可是你终于有一天,为了别人,举起了刀。

253 【第二十一章】
我爱你这件事,是我这一生,最最无悔的决定。

262 【番外·桑春来】

267 【番外·滕辅深】

【第一章】
DIYIZHANG

他的声音里,是隔着江海,逆风而来的惊涛骇浪沉寂之后仍然不息的滚滚波涛。

1.

广场上人群涌动,云海翻滚在天际,静谧的天幕下,是热闹的景象。

一身休闲打扮的随川坐在露天的咖啡馆里,手里翻动着资料,眉头紧皱。

将档案袋装好,起身结账的时候跟旁边匆匆而过的女生相撞。

小个子女生抬头看了他一眼,不悦的目光穿过他,对走在前面的男生喊着:"桑春来,你不跟我说清楚,你就等着我毁了你那些手办!"

男生回过头,清秀的脸庞上是无奈的表情,他双手插着兜:"我都跟你说几遍了,滕辅深不在学校,他这几天在市公安局里协同调查呢。"

随川听见话语里的名字,往回望了望。女生正好站在男生的跟前,一巴掌呼了上去,轻轻落在男生的脑袋上。

"那他怎么不接我电话?"

"我怎么知道,我又不是他肚子里的蛔虫。"

"那你去帮我找他。"

"不去。"

"桑春来!"

男生没躲过女生的魔爪,被拧住的耳朵瞬间变红,他疼得直叫:"桑几枝,你想都不要想滕辅深会喜欢你,你这辈子是嫁不出去的!"

口袋里的手机嗡嗡作响,随川掏出的时候,听见女生恶狠狠的声音:"好啊,那我就赖你一辈子!"

封锁的现场外,围观群众纷纷拿出手机抓拍一边小声谈论着,一边装作可惜的样子看着天台上寻死的男人。

随川穿过警戒线,仍然一身休闲打扮,在一堆警服之中显得扎眼。

李爽跟在他身后,面上的表情微微有些严肃:"是之前我们联络的线人,反嘴向那边透露了我们的行动计划,局里撤销了对他的保护,那边的人找上门,绑了他的老婆、孩子,说不拿出钱就等着收尸。走投无路,想着全家一起死了算了。"

随川面色越冷,转身问李爽:"为什么撤销保护的?"

李爽摇摇头，拿着纸笔的双手合在一起："上面封了口，直接下的命令。"

随川站在大厦下，望上去。

四十七层，能摔死。

挂断电话之后，李爽靠近随川："随组，刚刚通过电话，还有五分钟的样子就能到。"

随川抬手看了看时间，戴在手腕上的银表在阳光下发出耀眼的光芒，穿刺在人群之间，投进每个人内心最深的地方。

"先上去看看。"

天友大厦位居市中心，人员流动性大，现场的警察拉开警戒线的瞬间，嗅到八卦气息的群众一拥而上。现代社会的信息传播靠着互联网的快速方便性，一条消息的发出，就能引起一场巨大的海底喧嚣。

一辆雷克萨斯LX570正行驶在往天友大厦方向的路上。星光黑色的车身在行车道上畅通无阻，冷酷的颜色散发出的紧迫感在空气中渐渐凝固。

滕辅深透过后视镜观察着后座的男人的面部表情，坚毅的面部轮廓下有些疲态，整个人慵懒地靠在座椅上，一手支着头，一手翻看着最新发出来的视频。

微微侧过头,滕辅深问:"怎么样?多久?"

后座的男人没有回答,抬眼看着窗外的景色,快要到了。

李爽跟在随川的身后上了楼顶。宽阔的楼顶灰色一片,废旧的蓄水箱上生了锈迹。楼层太高,跟天边的白云仿佛只有一拳之隔。

可惜这么美好的景色现下无人欣赏。

众人的目光紧紧盯在楼顶天台边号啕大哭的男人身上。

随川跟设置围护的警察说了两句,然后越过警戒线,声音带着威严:"钉子。"

哭泣的男人没有理他,只是不住地摇头,哭到喘不上气时,手捶着胸口,嘴里碎碎念着老婆、孩子的名字。

李爽附在随川耳边:"随组,他现在情绪很不稳定,根本没法跟人沟通。"

随川暗了脸色。

这是他进侦查组的第七年,敏锐的直觉、理性的思维和缜密的逻辑才是他的利器,这种安抚人的工作,他并不会。

他往后退了退。李爽站在离他不远的位置,直到看见缓缓走来的两个身影,才悄悄松了口气。

"随组,来了。"

灰色的连帽卫衣,没有打理的蓬松头发,刺眼的阳光下微微眯开的眼睛正盯着天台上的男人。

越过众人,他径直走向正捶胸顿足的男人的面前,没有任何反应,索性直接跨腿坐了出去。

李爽见着这一幕,惊吓得往前两步,却被滕辅深拉了回来。

随川盯着只要一步就能随时摔下去的两个人,太阳穴旁边的神经跳动不停。

这要是出事了,他交徽离职也弥补不回来。

"钉子。"

"啊?"男人听见声音,控制不住地回答,然后更觉得委屈,"他们把我老婆、娃儿抓了,说不给钱,就砍手砍脚,我哪里来的钱嘛!我想了,不如一起死了算了。"

"那万一他们活着你没了怎么办?"

男人摇了摇头,眼泪嘀嗒在泛黄的短裤上:"不可能,那些人肯定不得放过我的。他们说了,我跟警方联系了就是背叛他们,那帮狗杂种,心狠得要命。"他伸出左手,"你看嘛,我这两根手指就是遭他们剁了的,他们还在我面前把那两根手指煮熟了拿去喂狗,狗日的畜生!"

随川打着手势继续往下问,可是那个人坐在那里,连看都没有看他一眼。

李爽见机行事,拉着滕辅深说:"你跟他说一下。"

滕辅深身高一米八三，穿着一身白衬牛仔长裤，一副学生样子。

李爽拉他的那一下，让他微微有些皱眉，但依然礼貌客套："放心吧，劝下他这个人比短暂取得的信息来得更值得。"

随川听着，话明显是对他说的，说得又在理。他舌头顶着腮帮子，闷声不再说话。

坐在天台边上的两个人，有一搭没一搭地说着话，情况大好的趋势。钉子的情绪渐渐平和下来，除了眼泪还是止不住，倒也没再表现出像刚刚那样过激的行为。

李爽靠近随川，用只能两个人听见的声音，说："听说他从来没有谈败过的案子。"

滕辅深往两个人的方向看了看，低头看着手机闪动的提示信息。下午五点了，肚子应该饿了。

三分钟，仅仅用了三分钟，钉子就从天台上走了下来。他步伐沉重，认命地把双手合在一起，走到随川面前时，还能看见时时冒出来的鼻涕泡儿。

"随警官，我愿意配合你们的调查，但是你们一定要保证我老婆、孩子没事，不然我活着也没意思。"

李爽把手铐给钉子铐上，对钉子的遭遇觉得活该又无奈，拍拍他的肩膀："放心吧。"

灰色卫衣男人还坐在天台边，随川看着他的背影，心里暗自呸了一声。

真 TM 装逼！

滕辅深好奇地看着随川："随组，你不回队里吗？"

随川像没听见一样，而是转头问他："你亲哥？怎么比你矮那么多？"

灰色背影动了动。

滕辅深没反应过来随川语气里的嫌弃意味："就两厘米啊。"

随川白了他一眼，扯吧你。

灰色背影站了起来，没动，那画面看起来他才更像是要跳楼寻死的人。

随川用手肘碰了碰滕辅深："你不去拉着他？"

"啪嗒"，夹在衣服里的档案袋掉了出来。

"嘭"，落地的声音。

随川埋身捡档案袋的时候，终于知道为什么钉子老老实实走下了天台。

灰色身影说："饿了。"

又说："咦？你调查我？"

再说："还没自我介绍，你好，我叫滕知许。"

这 TM，太能装逼了。

随川冷着脸色回敬，对方只"哦"了一声，就下楼找吃饭的地方去了。

阳光躲进厚重的云层里，刚刚楼下围观的喧嚣噪声，李爽和其他人早押着钉子回局里了。

现在就他一个人站在这儿，想起滕知许跟他之间短短的两句话。声音里，是隔着江海逆风而来的惊涛骇浪沉寂之后仍然不息的滚滚波涛。

他的声音，好像能控制安抚人心。

2.

警车离开之后，广场上的人各自散去。商场里的男男女女肆意向服务员丢上各类金卡、黑卡，好像只要刷不破产，怎么刷都没问题。

桑几枝对着橱窗里的洋装咽了咽口水，听公司里的同事说财务处的那个小妖精就是买的这个牌子的礼服去酒会，一个晚上而已，就拿下了财务主管，现在在办公室里要风得风要雨得雨。

她桑几枝虽然才不是那种为财牺牲色相的人，但是这条裙子，也太好看了吧！

桑几枝整个人趴在橱窗上，牛仔热裙眼看着就要露出春色，桑春来认命地从肩上扯过书包替她挡着。

而某个人并不自知，口水都快要滴在地上。

直到——

"辅深哥。"

正是吃饭的时候,餐厅里人多,滕辅深开了个包房,静雅的空间和外面的人声鼎沸形成鲜明的对比。

桑春来一口气连着点了好几道菜,桑几枝在旁边看着,实在忍不住便用桌下的脚狠狠踢了他几下,眼神里是自号东家的省钱威胁。

滕辅深装作没看见的样子,任他们姐弟闹,手上的动作繁琐复杂。烫杯放筷,来回几次,一气呵成。

坐在旁边的人阖眼休息着,平稳的鼻息在空气中飘散,安静惬意。

桑春来在桑几枝恶狠狠的眼神中点完最后一道菜,菜单递给服务员时又被滕辅深截了回来。

白净修长的手指在页面上点动着:"加个这个,清淡些。"

桑几枝好奇地看着滕辅深:"你口味一向偏重啊。"

滕辅深目光清澈:"有人要补脑。"

用餐的时候桑几枝有些收敛,不像平常一样缠着滕辅深一直念个不停。

夹菜的时候碰到对面那双筷子,自动地缩了回来。

桑春来像盯怪物一样盯着她,嘴角不停地抽搐着,这装淑女的样子,真的是太做作了。

而旁边的桑几枝却并不是如他所想的一般刻意,她的眼神四处停放着,就是不敢放在对面那个安静得像是不存在一样的人身上。

滕知许,滕辅深的哥哥,在她刚刚认识滕辅深的时候,她就知道他的存在。而他只要身在桑几枝的方圆五里之内,桑几枝的大脑里就像被人安置了一颗定时炸弹一样,随时都能爆炸。

夹菜的空当,桑春来向滕辅深请教了好几个学术上的问题。院里的教授实在变态,规定大三的学生在学期末前必须交一份关于《论述弗洛伊德重要心理学理论及其主要思想》的研究报告。

滕辅深是警大的在读研究生,通常是学校、局里两头跑,理论和实践两不落。这么好的一个活教材在他面前,不用白不用。

当年桑春来在姐姐桑几枝自己报考被刷之后,威逼利诱下改了他的志愿,好话说着:"你想嘛,他未来可是你姐夫,你搞不定的他都会帮你搞,你不会做的他都会帮你做,你的人生巅峰可近就在眼前了。"

可是事实上,滕辅深帮桑春来做研究的原因,一是因为学长学弟的关系,二是因为院里教授常常让他多照顾桑春来些。说白了,跟桑几枝并没有一分钱的关系。

细碎的声音把刚刚空气里的安静打散,桑几枝支头看着两个认真讨论的男人,沉迷得无法自拔。当然,只是对滕辅深。

滕知许碗里的汤喝完了，坐在座位上出神，也许是因为无聊，往滕辅深的方向靠了靠。

感觉到气息的逼近，滕辅深自然地拿起勺子又往他碗里盛汤。

桑几枝看着他们的动作，嘴都快要瘪到地上去了。

还是这样，一直是这样，滕知许这个人，到底有没有生活能力啊？

不友善的眼光时时飘忽在滕知许的身上，他似有感知地抬起头，因为没有打理显得有些乱蓬蓬的头发垂下了一缕，刚好遮住了半边眼睛。

他看向她，她忙不迭装作不经意地躲过。

桑几枝手搭在桑春来的肩上，借着胆子瞪回去：看什么看，剜烂你的眼睛！

桑春来回校前，桑几枝特意带他去商场买了两件衣服，不算贵，但也足够让姐弟两个人肉疼。

桑几枝去年毕业，找了间小报社谋生活，毅然从家里搬了出来，租的房子比家里离公司更远。桑爸桑妈起初不同意，没办法，她嘴皮子厉害，把两个人唬得一愣一愣的，终于答应了她，前提是一周必须回家一次。

提着购物袋，桑春来有些心亏，想了想，叫住前面偷偷查账户余额的桑几枝："枝哥，为了报答你的花财之恩，我一定会帮你追到辅深哥的！"

桑几枝大手一挥，一副势在必得的样子："不用，你哥有的是办法让他臣服在我的牛仔裙下。"

桑春来呵呵一笑："是吗？装作淑女的样子来博得他的好感？拜托，他又不是不知道你的真实属性。"

桑春来嘴笨这个毛病，她苦心了好几年都没有给他纠正过来，以至于他现在连女朋友也没有一个。而这种因为缺乏雌性荷尔蒙造成的雄性荷尔蒙过剩堆积，让他把所有嘴损女性的特性，全部都用在了她身上。

一个巴掌呼在他脑门上，桑几枝臭着脸走出商场。

驱车回家的路上，滕知许在撩人的夜色中睡得昏沉。他的作息时间并不规律，滕辅深跟他提过几次，都被他哼哼两声给糊弄了过去。

手机进来电话，滕辅深看了一眼，把手机的音量调到仅仅只能他听见的大小。

电话里的人声音带着怒意，不等他开口便先声夺人："知许是不是过去你那边了？"

滕辅深眉头紧紧皱起，握着方向盘的手心渗出微微的汗意，语气压低："是。"

旁边传来一个尖锐的女声，暴跳如雷："他去你那里干什么？想要拖累你吗？"

声音被突然打断，刚刚还怒意的声音稍稍平和些："你跟他说，要么回来，要么离你远一点。我就你这么一个儿子，别让他跟在你身边祸害你。"

滕辅深眼睛有些泛红，回头看了眼睡得正熟的人，一字一句肯定地说："他也是你的儿子。"

尖锐的女声又响起："他死在外面我都不会掉一滴眼泪，但是你不行，我们家就靠你撑着，你……"

不等对方的话说完，滕辅深就挂断了电话。

刚刚，后座的人动了一下。

他心里起伏，直视路况的眼睛更红。

前面车辆例行检查，滕辅深抽空下车抽了一根烟，又站了一会儿，等快到他的时候，才拉开车门。

十分钟的时间而已，后座的人已经坐起身子，正靠在车窗上看着他。

他打开车厢灯，车内瞬间明亮。

"哥，你醒了。"

"嗯。"

"还有一会儿才到家，你再睡会儿。"

"睡不着。"

滕辅深噗了声，看着摆在车台上的模型，嘴角不住抖动。

相隔不远的一栋居民小区楼里，刚刚洗完澡的桑几枝接到报社的电话,要加班赶新闻。

她环视了一圈还没收拾的房间,忍气去卧室拿衣服。

打开衣柜的瞬间,塞得满满当当的衣服如获得自由的囚笼之鸟一样前赴后继地掉落在地上。

好烦啊!

【第二章】
DIERZHANG

她不知道，她这前半生，整整二十三年，用玩笑和故作的坚强日日挪砖砌瓦堆起的堡垒，即将塌陷。

1.

营南市公安局内。

紧张的气氛萦绕不散，透窗而来的阳光斑驳洒在桌面上，风拂动而过，零星的影子随处停摆。

随川隔着镀膜单反玻璃看着审讯室里的钉子，双手仓促不安地放在犯人椅上，眼神飘忽不定，眼角残留着白色的分泌物。

李爽背对着他。从钉子害怕的眼神中，他能明显感觉到因为钉子极度的不配合，李爽已经不耐烦了。

审讯的结果并不明朗，钉子像是在顾忌什么，并没有说出太多有用的信息。

李爽背靠在墙上，似觉得哪里不对，不清晰的思绪在脑海里一飘而散。

　　白色的墙壁上有陈年的污迹，桌面上的一沓资料被窗外经过的微风吹起，天花板上的吊扇吹得呼啦作响，惬意慵懒的上午时光。

　　随川盯着天花板出神，"噔"的一声椅脚落地的声音，把正袭击他大脑神经的睡意四处打散。

　　"随组，我想到了！"李爽惊喜又不肯定地说。

　　得到随川的眼神，他犹豫了一下，还是开口："我之前一直没想明白，昨天我们到楼顶的时候，天台上的钉子已经没有求生的欲望了，跟任何人都没有办法沟通，可是滕知许不一样，他轻而易举就让钉子走下了天台，钉子答应配合调查但今天又矢口，会不会……"

　　"是因为滕知许？"

　　"是因为滕知许？"

　　重叠的声音在房间里响起，两个人刚刚各自觉得不可思议的猜测现在得到无比的肯定。

　　随川收拾起桌上被吹乱的资料："快，联系滕辅深，让他们马上来审讯室。"

　　李爽得到命令，便出了办公室。

　　随川走在后面，到门口时，想到什么，走回桌前翻出抽屉里的档案袋，看了一眼，一并带走。

　　桑几枝从报社出来时，已经快接近中午的时间。一个上午没有吃东西，加上熬夜赶新闻通稿，她现在走起路来轻飘飘的。

坐在一家饭馆里，热情的老板娘先帮她上了一碗汤，有点咸，不过兑些水就好了。

出来前，社长把她刚刚交上去的新闻稿打了回来，指着模糊不清的照片上的一角，财大气粗地说："我只要这个人的版面，为什么跳楼和背后的故事我不要，读者也不想看。现在这个社会啊，眼泪已经不值钱了，不管是因为什么原因要死要活的，反正人嘛，最后都要死的。你只要能把这个人给我挖出来，销量一上去，我就给你涨工资。"

鸟为食亡，人为财死。

桑几枝看着桌上正冒着热气的盖饭，油汁正往外冒着，肥瘦相间的五花肉刺激着她的味蕾。

口水咽进喉咙，不管了，吃饱了再说！

要挖出新闻照片里的人，就得先知道昨天在楼顶的几个人是谁。

照片是在隔壁大楼抓拍到的。营南市公安局的出警行动一向很快，按照片上的拍摄时间再对比网络上发出视频的时间来看，当时警察已经赶到了现场，那么，楼顶上的人除了警方和轻生者，就再没有第三方的人。

所以，桑几枝直接打了车去市公安局。

李爽等在市公安局门口。

下午两点的时候，太阳升得正高，满墙的爬山虎投下一片清凉，李爽往里站了站，跟过路的同事打过招呼，准备抽根烟解个乏的时候，刚好看见一辆星光黑色的 SUV 开了进来。

李爽一路小跑跟在车后，招呼着先下车的年轻男人。

"小滕啊，不好意思还麻烦你们专程跑一趟了。"

滕辅深摆摆手："李警官哪里的话，不是正巧一起把报到的流程走完嘛，顺便而已。"

李爽探头往车后座里看了看，深色玻璃后只能看见男人清晰的脸部轮廓。

滕辅深拉开车门，右手护在车门上沿，小心得有些过分。

不同于昨天的轻装打扮，滕知许今天穿着一身灰蓝色西装，身材修长，头发吹成庞克，显得五官轮廓坚毅，皮鞋锃亮。

那样子，像极了谁家的富二代公子。

"滕先生你好。"李爽上前伸出手。从今天开始，两人就是同事了，该有的客套还是应该有的。

滕知许看着他。

两人年纪相差不大。成年男人，到了一定的年纪，都会被这岁月琐事打磨成某个特定的样子，或温文尔雅，或波澜不惊，更或者铁骨血性。

滕知许却不一样，他静静地看着你，眼里是往前二十年初到人世的明亮清澈，可是那份干净后面，又好像藏着什么东西，隐隐地让李爽心底突然升起一股凉意，直上后脑勺。

滕辅深轻轻咳嗽了一声，李爽清醒般伸回手，尴尬是有的，不过正事在眼前，也就这样过去了。

滕家兄弟跟在李爽的身后走进审讯室，随川正等在里面。

狭小的空间里一下子站了四个人，显得有些拥挤。

李爽在得到指示之后，去收押室领钉子去了。

滕知许面对着两人坐在对面的犯人椅上，正装而坐，画面看起来，像个斯文败类。

他自己倒不自知，闭眼靠在椅背上，没有人说话，这样安静的时候他最喜欢。

不管看滕知许怎么不爽，但随川随时都能控制自己在固定的时间做该做的事。他不绕弯儿，直接问倚墙靠背的滕辅深："你哥是不是哪个地方跟平常人不一样？或者比较特殊？"

犯人椅上的人动了动，换了个更舒服的姿势。

滕辅深关切的眼神从他的身上挪开之后也不避讳随川的目光，点点头。

随川紧接着又问："那昨天……"

"随组长，对我太好奇的话，会爱上我的。"

被打断的话，横插进来的声音，让随川的眼角跳个不停。

滕辅深轻笑出声，随川的羞愧感在刹那间迸发，看见门外一闪而过的身影，回击道："滕辅深，有时候不要笑得太早，因为你根本不会知道下一刻你会遭遇什么。"

滕辅深莫名其妙地看着他，随川探出头看着走廊尽头的身影："那个，是你的小克星吧？"

滕知许睁开眼睛，密闭的房间里有些黑，胸口发闷得很。

"我出去走走。"

2.

桑几枝跟在实习警察已经绕了好几个弯儿。一个市公安局而已，没必要修得跟个迷宫似的吧。她现在想上厕所想得要命，可是前面的这个实习警察，好像并没有感受到她的迫切感。

"哎，那个……我快尿出来了……"桑几枝哭着嗓子。

实习警察是个长相清秀的男生，看起来呆板木讷，听见面前这个陌生女生毫不顾忌的话语，脸不禁泛红。

男生四处看了看，长得都一样，木式门，墨绿色栏杆窗户，然后用特别无辜的眼神看着桑几枝："其实我……我也是今天上午才来报到的。"

桑几枝仰天长啸，脏话到嘴边忍住没有骂出口，人家也是好心帮忙嘛。

拐进另一个弯，桑几枝闷头往前冲了好几步，抬眼的时候差点儿哭了出来，一样啊！还是一个样的啊！

在桑几枝快要放弃，觉得这辈子也就这样了，年纪轻轻的以后就要靠成人纸尿裤过日子的时候，刚刚拐弯的地方走过一个男人，她抓起地上的布包就冲过去。

不幸的是，没刹住车，撞上去了。

宽阔的背脊骨头硌人，桑几枝的下巴刚巧撞上去，疼得蹲在地上。

滕知许拉她，一把被抓住胳膊，衣袖变皱。

桑几枝眼泪汪汪地问他："你知道厕所在哪儿吗？"

滕知许看着她，蒙眬的眼睛里湿了一片。

桑几枝憋得直跺脚，手上又用了些力气："厕所厕所……"

他手刚指往一处，桑几枝就跑了过去，跑到一半的时候回头冲他喊："谢谢你啊滕知许。"

桑几枝从厕所出来的时候，被吓了一跳，整个包都飞出去了。

滕知许靠在女厕外的墙上刷着手机，整个人微微屈着，像只马上就要被她扔进面碗里的虾米，就是……有点大了。

"你在这里干吗，变态啊！"捡起包，像是忘记了刚刚的救急之恩，桑几枝头也不回地往来时路走。

滕知许没有答话，静静跟着她，油光亮的皮鞋踩在木板上发出"噔噔"的声响，在走廊里回荡着。

两个身影一前一后，在各自的防护罩里相安无事。

桑几枝左拐右转，在反复几次后，认命地转身走到滕知许的身后：

"你脑子好,你来走。"

滕知许扭头看了她一眼,她头埋得很低,一副羞愧的样子,脸颊有些泛红,白色印花 T 恤包裹着身子,走廊里的风拂过她,把有些宽大的 T 恤吹得鼓鼓的……

就是那一瞬间,在他后来回想起来的时候,觉得自己当时一定是神志不清了,但是察觉到危险的应急反应又在提醒他。他的神经一直紧绷着,从来没有停止过松懈。

他伸出手,幼稚得像个孩童一样,把桑几枝身上被风鼓起来的 T 恤往下按了按。

隔着衣料下的肌肤微微有些烫意。尽管还是下午,炽烈的阳光并不吝啬于向这方土地上投射下金黄色的一片。

很热。

天气很热,流动在空气里的燥热分子在两个人之间停转。

桑几枝看下去,骨节分明的手好巧不巧,正按在她腰肢上。

她直直地看着他,滕知许倒是无动于衷的样子,四指往后。

握……握住了?!

李爽刚出审讯室找滕知许时,就看见他旁边还跟着个人回来了。

滕知许扒拉着头发,刚刚梳上去的一边被他划拉了下来,遮了半边眼睛,配着西服装,怎么看怎么怪异。

"滕先生,可以开始了。"

滕知许绕过他,进去前回头看了桑几枝一眼,眼神里带着愤恨和不满:你不准进来!

不用他来说,李爽早就把跟在滕知许后面的桑几枝拦了下来。

桑几枝隔着门上的玻璃往里望着,房间里坐着三个人,滕知许旁边的人穿着警服,看着对面的人开口,应该是在审讯。

李爽一直注意着她的动作,胸口的记者证上笑容灿烂,眼睛眯着,八颗白牙晃在外面,有点俏皮的样子。

"桑小姐,要不先去隔壁房间歇息会儿?"

桑几枝摆摆手:"不用不用……"又想起什么,从包里翻出照片,指着模糊不清的那个人问,"你认识这个人吗?"

李爽接过照片,他不用细看就认得出,那个人就坐在里面。不过,他晃了晃脑袋,摇得跟个拨浪鼓似的。

这谎撒得太没水准了吧?照片是从侧后方位拍下来的,最清晰看得见的人,就是李爽本人。

桑几枝刚要发作,隔壁的门就打开了,她的眼睛亮了起来。

"辅深,你真的在这儿!"碰见滕知许的时候她就猜到。

滕辅深把手里的档案袋递给李爽,深深看了他一眼,转头对桑几枝说:"进去休息会儿,满脸通红的,一定跑累了吧?"

才不是,刚刚被变态耍流氓了。桑几枝摸着脸。

审讯的时间进行了半个小时。

随川一脸严肃地从审讯室里出来，和滕知许脸上的轻松淡漠对比鲜明。

　　桑几枝瞅准时机，跟在随川的身后，从包里翻出纸笔，听着随川跟李爽的交代。

　　回过头，滕辅深刚好看着她，她赶紧手举过头顶重重地往下一压："加油！"

　　随川听见声音扭头看着她，眉头皱得更深："她怎么在这儿？"

　　李爽回他："过了厅审的记者，来采访昨天的跳楼案子。"

　　随川拿过李爽手里的档案袋："没什么好采访的，让她走吧。"

　　桑几枝一把拉住随川的胳膊："别啊，我今天差点儿因为膀胱爆炸牺牲在这里，再怎么你稍微透露点儿消息给我就好啦。"

　　随川扬起眉角，看着往走廊那边尽头的滕知许："看见没？那边那个，你问他就什么都知道了。"

　　桑几枝看过去，蓝色的背影挺拔清瘦，双手插兜，步伐轻缓。

　　那个人回过头，走廊的风带起垂下的刘海，那里淤红一块，他看着她笑，很好看。

　　她不知道，她这前半生，整整二十三年，用玩笑和故作的坚强日日挪砖砌瓦堆起的堡垒，即将塌陷。有个人，就要与她共用一个人生。

　　"滕知许，男，二十七岁。2017 年 7 月 28 日任职营南市公安局警务谈判组专员。绝不玷污，绝不触犯，绝不辜负。"

那日响彻天地的毕业誓言，如今也随着他走入各个危情险况，从未被触犯，从未被辜负。如今的他，虽外界无人知晓，但是在警界，已经是赫赫有名的犯罪谈判专家。

天边落日余晖，暖色的大地上，众生芸芸，各自行程。

滕辅深关上车门的时候，长吁了一口气，转身进了驾驶位置。

摇下车窗的声音，滕知许看着那一身身警服打眼而过，他声音细微问前面的人：" 我有让你骄傲一点点吗？"

"有。你一直都是。"

"那他们呢？"

拉手刹的动作停顿，对方深吸一口气：" 也很骄傲。"

得到满意的答复，终于能安心闭上眼睛歇息会儿。

风大，滕辅深关了一半的车窗，嚷嚷的声音传进耳朵里，炸成黑夜里的熊熊烈火燃烧不尽。

"辅深啊，为什么所有人都把我当傻子呢？"

【第三章】
DISANZHANG

这一生从头到尾，从生到死，都只能在泥泞里挣扎，从他到滕家的第一天开始。

1.

厨房里是叮叮咚咚切水果的声音，周末晚上的电视大多被综艺节目霸档，桑几枝半坐起身子从屁股下捞出遥控器，频道换来换去也没一个好看的。

桑爸站在阳台学着楼下大爷大妈扭广场舞，沉迷得很。桑妈端着水果盘出来时，一脸不高兴："想下去找小妖精就下去啊，又没人拦着你。"

扭动着身子的桑爸生气了，指着桑妈怒不可遏："你在女儿面前胡说八道什么呢！我在看我儿子，哪里来的什么小妖精？"

桑妈赏了桑爸一个白眼，凑近桑几枝的耳朵边："说谎。"

不美丽的心情被桑妈这么一闹反而变好，终于选定了一档节目，就看这个吧。

桑爸走了进来,看见电视上互相调侃的五位主持人,往前凑了凑。

桑妈呵了一声:"看不清你就戴眼镜嘛,别挡着我们看电视。"

有些别扭的男人觉得尴尬,僵硬地转化话题扭头对桑几枝说:"你小时候可喜欢看这个了,要是换台你还闹,鼻涕眼泪一起往外淌,丑死了。"

桑几枝错愕地抬眼看着发笑的桑爸,她记得的。

那是她七岁那年的冬天,桑春来坐在地上玩玩具,桑妈叹着气从屋子里走出来,眼睛里红红的,刚哭过的样子,蹲在两个孩子中间,问他们晚上想吃什么。她摇了摇头,看着面前脸上横一道竖一道,有了皱纹的女人,问:"婶婶,妈妈什么时候来接我啊?"

那时候桑妈还不是妈妈,是她的婶婶。

桑妈摸着她的头,安慰她:"快了,过两天就回来了。"然后一巴掌拍在五岁的桑春来身上,"跟姐姐一起玩。"

那时候的桑春来比她矮了一截儿。

那时候的桑妈对她特别客气。

那时候的她,抱着妈妈买给她的洋娃娃,已经在婶婶家住了快半年了。

那天晚上桑爸从风雪夜里回来,肩头的雪花还没有消融,桑妈就把桑爸拉进了房间,走前还让桑春来自己好好拿筷子。

她偷偷蹲在房间门外，桑春来晃着脑袋跟着在她身边坐下，乌亮的眼睛看着她，刚要说话就被她捂住了嘴巴。

里面的声音断断续续的，可是对于一个七岁的孩子来说，词汇重组排列，已经不是件很困难的事了。

"判了，无期。嫂子根本没来法庭。"

"这两天，咱就去把领养手续办了，一直这么拖着也没办法，孩子还要上学，哪里耗得住啊？"

饭后的消遣时光，新起的娱乐节目横扫各家电视，五个风格迥异的年轻主持人面对镜头并不怯场，整场节目控制得很好，九十分钟里，笑声一波接过一波。

桑爸看准时间，足球快讯要开始了。换台的时候，软软糯糯的桑春来从地上爬起来，丢掉手里的玩具，袖子擦着桑几枝的脸："姐姐丑丑的，不要哭。"

她想笑，可是笑不出来。

可是，她必须得笑。

桑妈把旁边的抱枕扔向桑爸，怒斥道："就你话多，我女儿哪里丑了，这么好看，求都求不来的。"

桑爸笑呵呵接过砸来的抱枕，从茶几下翻出棋盘："是啊是啊，我女儿漂亮、儿子帅气，谁有我这样的福气啊？"

桑妈在他腰上拧了一把："孩子不是我生的啊？我也有福气。"

桑几枝把电视频道调到足球快讯，站起身："我下去走走，顺便叫那个臭小子。"

熟悉的节奏响起，桑爸从衣袋里掏出老花眼镜，整个人仰躺在沙发上，看得津津有味。桑妈看着桑几枝出门，白眼一翻一把推揉在桑爸身上，桑爸呜呜咽咽："好好好，小心点儿啊。"

夏夜的风拨动树枝，虫叫声隐在草堆的最深处，一路酣歌。

小区对面是一所学校，小学连升初中，当年为了两个孩子的升学，桑爸特意卖房又买，终于落定在了这里。每天早上桑妈站在窗户边看着两个孩子走进学校，才安心忙碌一整天的家务。

晚上九点半，篮球场上人还很多，夜跑、打篮球，后背的衣衫被汗水浸湿，闷热的空气中飘荡着汗味，和投下的盈盈月光相配得当。

桑春来和几个男生组成一支队伍，称霸一方，传球、转身、起步、跳跃、灌篮，又进一球。当年身体羸弱的小男生被桑几枝逼着报考警校，每天早上五点钟起床围着操场跑五公里，肌肉日渐结实，精神也好了许多。桑妈每天炖着补汤，高兴得一日三餐恨不得鸡鸭鱼肉满汉全席，直到两个孩子补得流鼻血才肯罢休。

桑几枝蹲在操场外圈，从花丛里折下一根狗尾巴草叼在嘴里，又折下一根一翻一转编成个草环。周围很吵，跑步声、篮球声、散步时的说话声，这个世界真的好吵。

她看着隔了不远的篮球场上，桑春来正运着球，没人跑得比他快，轻松站定，起抛，进球，三分。口哨声响起，明明很开心，她觉得异常刺耳，捂着耳朵看地上。

"你怎么来了？"气喘吁吁的声音问她。

她抬起头，所有的不适散去，伸出手，桑春来一把将她拉了起来。

"接你啊。"

桑春来不满地嘟囔："我又不是小孩子了。"

桑几枝圈住桑春来的胳膊，他比以前高了很多，高中之后就像雨后的春笋，一下子窜得好高。那时候，桑几枝忙着高考，每天早出晚归，很少见着他。一天半夜复习完功课去厨房倒水的时候，桑春来正蹑手蹑脚地进家门，她拿出长姐的姿态训了他好一会儿。回房间的时候手比着自己的脑袋，才发现当年那个软软糯糯的小孩子长大了。

"你是我弟弟啊。"

桑春来撩起衣服擦着脸上的汗："对啊，可是太劳烦大哥您了。"

桑几枝从裤兜里掏出一包卫生纸："不麻烦不麻烦，我很乐意照顾小孩子。"

桑爸站在阳台边上，足球快讯应播完了，换成另外一档体育资讯。

好多年前，在他还很年轻的时候，最喜欢的就是约上院子里的几个男生去空地上踢足球，热烈的脚步踩在绿茵场上，他兴奋得像个傻子，痴迷于足球，想要踢到校队、省队，如果可以，他甚至想要试试报名国家队。可惜，命运的转盘脱节，什么都被改变。

看着一高一低的身影正往家的方向来，时间回溯，仿佛看见七岁的桑几枝，拉着五岁的桑春来。还有，只有二十岁的他，驰骋绿茵。

2.

阁楼亮着灯，滕辅深存档好研究报告，起身上楼。

床上的人睡得很熟，竹织落地灯立在床边，屋里通亮。他轻手轻脚地掖好被子，转身的时候，床上的人微微发颤。

"爷爷，爷爷，起来吃饭了，爷爷。"

"小宝宝，宝宝，是个男孩子吧。"

"辅深，你不要管，你出去，不用管我。"

……

梦呓的话断断续续，常年的噩梦在这个夜里尽数交织，纠缠着床上的人，提醒他这一生从头到尾、从生到死，都只能在泥泞里挣扎，他永远都没有办法洗清身上的污秽和羞辱，从他到滕家的第一天开始。

滕辅深坐在床边的藤椅上，当初置办家具时，他驱车到一半，滕知许来电话说要一起，两人没有去商城，而是一个倒卖二手家具的市场，老旧、斑驳，年代味道深长。

两人绕着市场走了一圈又一圈，挑选家具由滕知许一人承担，藤椅、木柜、瓦瓷碗盆，装箱上车，后座的人心情没由来地好，一路哼着歌。

摆放家具也是滕知许亲力亲为，他动作熟稔，完全没有了平常什么都要滕辅深帮忙的样子。等一切弄好，他坐在藤椅上，摇啊摇，蒲扇放在胸前，闭眼睡着。

滕辅深学着滕知许平时的样子，背后使力，藤椅微微摇动，因为太老旧，发出声响，他手放在藤座上，减小声音。

他跟滕知许相差五岁，听说在他出生以前，滕知许都是跟爷爷生活在一起，直到爷爷去世，才被不情不愿地接回家里。而他在父母的关爱下长大，要风得风要雨得雨，谁都宠爱他炫耀他。逢年过节的时候，他在亲戚的盛赞吹捧之中上台表演，滕知许坐在台下，看着他学着电视里的歌手手舞足蹈。

那是他记事以来，第一次看见滕知许笑，阴郁的脸上牵扯肌肉，明明很难看，他却觉得很亲切，比起那些虚伪的笑容，真诚得多。

那一年开始，他莫名地亲近滕知许，跟在高出他半个头的人身后。像个小跟班，却为他出头，到现在，料理他的生活。

他是弟弟，可是恨不得早出生几年，做这个人的哥哥。

洗漱好之后，滕辅深对着电话看了很久，明明知道这个时候肯定是打扰，鬼使神差之下，还是拨通了电话。

"喂？姑姑，这么晚打扰了。"

电话那头声音温柔，是他在这个家里唯一能说说心里话的人。

"没事，还没睡？"

"他们好像知道了。"

属于两个人之间的秘密，不用说得太清楚，对方就能明白。

声音断掉，那边的人平稳的呼吸从电流之中穿越而来，然后是叹息："那知许呢？"

"当时他就在旁边。"

"辅深，我知道你是好孩子，可是你不能一辈子保护他。以后你会成家，他也要过自己的人生，你爸妈在某些方面是做得不对，可你是他们的儿子，他们肯定第一时间是为你想。"

谁家孩子贪玩，在寂静的夜里点燃烟花，五彩的火光升上漆黑的天空，然而只要一秒，又隐匿在黑色之中。

滕辅深全身发冷，所有人都叫他放弃，所有人都觉得滕家只要有他一个儿子就好了。

可阁楼上是个活生生的人，当年被他们给予希望，又生生抹杀。他突然恨，恨他自己，恨因为他来到这个世界上，杀掉了另一个人的人生。

没关系，我来替他想。这个家欠他的，我来还。

半夜的时候，滕知许醒来一次，身上是黏人的细汗，很不舒服。

他很敏感，侧头的时候，一眼看出藤椅的位置变动过。手搭上额头，眼皮沉得发疼，强撑着意志起床。

他有黑暗恐惧症，所以滕辅深在房间各处都装了灯，昏黄的颜色里，他缓缓下楼。

滕辅深的房门从来不关，没有任何阻拦地走了进去。

窗外的灯映在天花板上，世界静谧，没有喧哗。他伸手把被子拉平，清瘦的影子坐在地毯上，轻轻躺下，手拍着软软的地毯。

"小宝宝，宝宝，爷爷，你看，是个男孩子。"

"我是哥哥，他是弟弟。"

"我是哥哥，我会保护他。"

"爷爷，你什么时候起来看看他，他好小，手攥着我的手指，怎么也不撒手。"

……

一梦回到好些年前，那时候的滕知许只有三岁，穿着补了又补的衣裳，欢笑着奔跑在田野间。

老屋后面是一片竹林，夜里吹风，窸窸窣窣的声音传来，他蜷身躲进爷爷的怀里，光滑的脑袋摩挲着爷爷的胡须，扎人得很。

爷爷逗他，拍着他的屁股吓唬他，山上的老虎会跑出来，叼走不老实的小孩子，养在山洞里，不给吃不给穿。

隔壁屋子的小秋儿也这么吓唬过他，年纪小，当玩笑话听。可是爷爷也这么说，那就一定是了。爷爷是对他最好的人，说什么都是对的，从来不会骗人，也不会骗他。

  他老老实实睡觉，梦里有只凶狠的老虎盯着他，一步步逼近，口水滴在地上，发出吞咽的声音。他往后躲，脚软吓得跌倒在地上，手抓起地上的藤条扔向老虎，打中它的眼睛，却变得更加凶狠，向他扑来。

  "爷爷！"

  他从梦中醒来，干涸的喉咙里如火燃烧，说不出话来。

  风吹进房间里，藤椅摇动。

  他想起小时候，爷爷抱着他，手里打着蒲扇，坐在藤椅上给他讲山间怪事。

【第四章】
DISIZHANG

金光之所以闪烁,是因为背后有太阳。

1.

八月初的时候,营南市下了一场强降雨,山体滑坡,没有伤亡,但是造成的财产损失达近百万。山下大多是以务农为生的农民,年纪大,膝下儿女外出打工,留下年迈的老人守着破旧瓦屋,耕一亩田,种两棵菜,补贴家用。

这一下,全冲垮了。

桑几枝跟着台里的前辈到灾后临时安置地点,蓝绿色的帐篷横跨一块空地。

听闻灾讯赶回来的灾区人在倒塌的房屋前翻捡着,希望还能挽救回一砖一瓦,不然这些年的积蓄又要化作乌有了。

台里的前辈叫伍清芳，是个三十出头的温婉女人。当初同期的实习生拉着桑几枝在厕所里偷偷说，你看伍姐啊，像不像那种大户人家的姨太太啊？

像。

肤白貌美，姿色怜人，活得有腔有调的。扔进上海筒子楼里，婀娜多姿，身影摇曳，可是又不让人讨厌。

伍清芳调试着话筒，一缕头发从耳后落了下来，在周围呼天抢地的背景里，她美得像幅画，美是她自己的，跟任何人无关。

"几枝，可以开始了。"伍清芳叫她时，她才反应过来。

采访进行得很快，桑几枝在车上整理素材时，伍清芳站在车门前看了很久。那里站着刚刚采访过的中年男人，跪在地上用沾满泥垢的双手继续翻捡着，每捡起一样东西都转过身拿给年老的母亲看过才决定要还是不要。

司机启动车子，桑几枝提醒伍清芳要走了，伍清芳没有动，她问桑几枝拿过录影DV，让他们先回去，她还要再做两个采访。

桑几枝说要留下来帮忙，被她拒绝了。

几天后，营南市爆出一桩丑闻。

一组在市论坛麻辣社区疯传的图片，照片上的男女勾肩搭背亲吻抚摸。男子是市秘书长康俭，而他怀里的女人，却不是陪他同甘共苦、生子料家的结发妻子。网络上感慨发言，有人愤愤不平，也有人说男人嘛，都有颗想偷腥的心，日子凑合凑合就过去了。

舆论渐渐平息下来。可是三天后，据知情人检举，康俭三年前截取城市建设资金，转手收入自己囊中，在市郊一处别墅区另外买了一栋房子，市场金额达三百万。

一时间，媒体和记者坐不住了。他办公室里等不到人，纷纷坐点在他家门口，一时之间舆论风向倒转，市民愤慨不已。而市公安局侦查组里，同样焦头烂额。

电脑上是近几年里市内部所有的资金流转动向，李爽一条一条信息看过去，没看出来有什么不妥，滴水不漏的倒手手法，让随川意识到这将是一场恶战。

李爽站在打印机前，新鲜的油墨味道在空气中久经不散，屏幕上的字句一帧一帧打印下来，数据庞大。

李爽有些担心地问："随组，你说这事要是收拾不起来怎么办？"

随川沉着脸："能怎么办？该怎么办就怎么办。"

字谜来回打转，李爽叹了口气，坐在一边桌子上。突然想到什么，他又问："上次你给我的档案袋里，是滕知许的资料，我看着并没有什么不对劲儿的啊，可是我看你总在看，是不是我漏掉哪里了？"

随川摇摇头："没有。"面前是自己兄弟，说起话来也没有什么顾虑，"只是觉得，滕知许这个人，让人摸不清。"

没有任何不良嗜好和不良记录，学生时代因病停学一年，却比同龄人早两年完成学业。毕业后一直待在乡下，三年前去了隔壁市，直到任职前才回来营南市。

要说这么干净的履历，任谁都不会起疑心，可那个人是滕知许。

滕知许。
他听人说过。

营南警大有位校草级的在读研究生，学院里的教授对他爱护得很，一度推荐到市公安局做实践调查，一来二去，随川也知道了这个人——滕辅深。滕辅深在校的时候就是风云人物，一副好皮囊本来就吸引人的注意，可是皮囊之下脑子也不错，曾经代表警大参加全国的犯罪心理学研究讨论。这样的人，不管走到哪里，都是白日下的闪烁金光。

而他的哥哥滕知许更不一般，听说当年在校的时候是个沉默寡言、默默无闻的平凡学生。大三那一年学校发生过一场命案，手法残忍，弄得人心惶惶。

随川听过这个案子，当年他在市公安局实习的时候，带他的老警察曾经跟他提过，警察与凶手对峙的时候，滕知许从中斡旋。

那是滕知许人生中的第一次谈判，没有原因的开始，注定了此后这一生，他跟滕辅深的人生交叠，正反两面，重复上演。

凶手归案之后，市公安局曾向滕知许抛出橄榄枝，并没有得到回应。

后来老警官回局，看着隔着不远距离的滕辅深，说："金光之所以闪烁，是因为背后有太阳。"

那个太阳，彼时正在乡下，看着屋前田地里发的新芽，日落的时候，提锄松土。

桑几枝蹲在院子前，旁边各家的媒体记者虎视眈眈、摩拳擦掌，只有她一个人像是来看戏的，坐在花坛边上打游戏。

厮杀的声音从手机里传来，不少人开始还盯着她看，看她杀得挺入迷，摇摇头各自摆弄摄影机。

伍清芳没有来，确切地说，从前几天采访完山体滑坡新闻之后她就向报社提了离职，说是最近精神不太好，想出去散散心。

趁着回血的时间，桑几枝瞟了一眼院子里的人，连着蹲守了三天，个个蓬头垢面，衣服是来时穿的衣服，脸也没有洗，狼狈得很。

她自己也好不到哪里去，本来就爱出汗，在太阳下一直晒着，都快臭了。

英雄复活，路上碰见敌方，技能还没有发出去，桑春来一个电话进来直接掉线。

她暴跳如雷："我好不容易才上去的积分，你要用命来还！"

桑春来"啧"了一声："绝对比你的破积分重要。"

"有屁快放。"

"辅深哥去了市公安局，你最近不是在追康俭的新闻嘛，这下可是好机会。"

桑几枝往院子外挪了挪，确定没有人注意到她："怎么，你们那里有消息？"

"你知道，学院里的教授大多都是从市公安局退休后任职来的，经验丰富，这次特意来人请了好几位回局里，肯定不简单。"

2.

历年来，营南警大一直向市公安局输送人才，两方合作向来紧密，康俭身份特殊，调查人员庞大，消息一直封锁，想来应该棘手。

市公安局内办公厅内，坐了不下数十人，均是举足轻重的人。

滕知许坐在末尾的位置，听着以随川为代表的侦查组的分析结论，脑袋歪着，手里的资料翻了翻又放下，在众人的目光下毫不顾忌地眯眼打着瞌睡。

滕辅深专心看着投影仪上多方采取来的信息，目光暗沉，默不作声。旁边的教授时时看着他电脑里记录的资料，指出侧重问题。

散会之后，压抑的气氛不散，随川在接受各厅长的指示之后，疲劳地坐在办公厅里。李爽还在整理资料，教授们在分析之余又各自提出了不同的调查方向。任务艰巨，持久战即将开始。

滕辅深在一旁帮忙做会议整理，随川看着瞌睡着的滕知许，探究的眼光在安静的男人身上来来回回，然后站起身，向桌尾走去。

"上次谢谢你帮忙。"

钉子的案子，背后的组织不容小觑，尽管没有一网打尽，可是好歹救回了钉子的老婆、孩子,掀了一个犯罪窝点。

滕知许抬头看着他,开始是轻轻地笑着,然后笑意变深,薄唇轻开:"随组,你是将我是兵,应该的。"

话听着别扭,随川轻靠在桌沿上,不言语。

随川对滕知许的印象并不大好,可是现在莫名地想要跟他多说说话。

他从来不信神学之说,科学即真理,这是小学时候的课本上就有写过的。

可如果不是那天他亲眼在审讯室里见过在此之前闭口不言的钉子,是怎样在滕知许的循循善诱之下开口交代出背后的组织,他将会一直深信科学。

科学即真理,他依然相信,然而事实在眼前,他也相信滕知许。

资料整理还需要些时候,随川向他提出邀请:"下去喝杯咖啡?"

办公厅跟侦查组办公室相隔一层楼。房子有些老旧,铺着木地板,踩上去发出"嘚嘚"的声音,一声沉稳,一声泰然。

咖啡算不上上等,是街边超市就能买到的速溶。可是随川泡制的手法特殊,不甜反醇,诱人鼻喉。

"我听说过你的第一个案子,现在说起来,也称之为奇。"

"谢谢。"

门外有人经过,风带进来一些声音,是关于康俭的案子。

塑料纸杯被氤氲的热气烫软，随川握着纸杯向滕知许靠近："我对你挺好奇的。"

　　滕知许的眉眼很好看，里面像是藏着深邃大海，他只要看着你，就能把你卷进海底深渊。

　　"哦？荣幸之至。"

　　随川恶作剧的心思上来："怎么，这下不怕我爱上你了？"

　　滕知许抿嘴轻笑，并没有预想中的意外："我喜欢女人。"

　　随川紧追不舍："没关系，铁也能熔弯。"

　　滕知许不紧不慢："可惜我不愿意做铁。"

　　两人聊了好一会儿，直到滕知许看见走廊里经过一个人，放下手里的纸杯，往门口走去。

　　"哎，你干吗去？"

　　滕知许停顿了脚步，然后头也不回地说："去证明我不是铁。"

　　随川跟在身后，中间隔着滕知许，但另一头的那张脸他认得，心里一惊，转身就看见滕辅深从楼梯上下来，脱口而出："孽恋啊。"

　　滕辅深看着滕知许离去的方向，看得出神。李爽走在他后面，看他一动不动，不禁推他："小滕，站在这里干什么？"

　　滕辅深眼角抽动："没什么。"

　　桑几枝身上还扛着摄影机，包背在肩上有些累赘。

　　当初进报社的时候，从基层开始，每天跟在伍清芳的身后扛着大包小包满城市跑新闻，一天下来肩膀疼得受不住，每天晚上都要靠热敷才觉得轻松一些。

这几天她一直蹲守在康俭家门口，现在老毛病又犯了，背也不是，扔也不是。

耸耸肩，她往里背了背，却觉得肩上一空，机器被人拿走。

瞬间的落空让她措手不及，急转身的时候刚好撞上身后那个人的胸膛，硌得有些疼。

"背这些东西很累吧？"

在她开口之前先被滕知许截住了话。

她有些尴尬地看着他，眼神不禁往他额角上瞟。上次那里挨了她一拳，现在看起来应该已经好了，不红不肿。

桑几枝察觉到两人之间的距离太近，往后退了两步："不累。"

"说谎。"滕知许毫不留情地揭穿她，伸出手撩开她耳边被汗浸湿的头发，"你看你都流了这么多汗。"

突然温柔的语气，让桑几枝有些错愕，气氛有些危险。

刻意的闪躲并没有消磨掉滕知许的关切，他突然拉住她的手，亲昵得理所当然："先去歇息凉快，正事稍后再说。"然后不由分说地拉着桑几枝往随川的办公室里去。

桑几枝跟在他后面，挣脱不开。她身上有细汗，不知道是出于这个原因，还是因为不愿意太接近滕知许，她被某人紧攥着的手一直在使力，可是徒劳无功。

从高中时代她暗恋滕辅深,后来知道有滕知许这个人存在开始,她就对他躲之不及。

她记得那个天气闷热的下午,她好不容易约到滕辅深一起在图书馆温书。窗外知了鸣叫,馆里没有多少人,难得的相处时光让刚刚少女怀春的桑几枝羞怯得脸红了好几次,不经意触碰到滕辅深的身体时,她甚至有些慌乱,像是火山喷发,岩浆在她的血液里汹涌流动……

直到他们的位置上多了一个人。

他趴在座位上,并没有打扰到他们,可是突然的闯进,让桑几枝特别不自在。

她依然细声向滕辅深请教难题。

方程式复杂的步骤让她吃不消,她有些泄气地问滕辅深:"我是不是特别笨?从小我就对数学不感冒。"

滕辅深在草稿纸上演算着,安抚她:"没有,多努力就好了。"

她喜欢的男生没有嫌弃她,让她莫名地有些享受,低下头闷闷笑着。

抬头的时候,她撞见一双盯着她的眼睛,掩藏在胳膊跟刘海之间,紧紧捕捉着她的一举一动。

她的心思被他撞见,她慌乱地埋下头,手里的笔在草稿纸上乱画着。

那是她第一次，看见滕知许眼睛里带着的危险。

滕辅深意外地看着滕知许手里的摄影机包，他明显能感知到滕知许有了变化，一点一点，从他从乡下回来后开始。

他变得有人情味，落入凡间的堕落天神，在慢慢学习作为人，身上多了细细烟火味。

桑几枝别扭地被滕知许拉进办公室，李爽有些意外，伸手挡在滕知许身前道："滕专，如果没有过厅审，我们这里是不允许记者出入的。"

桑几枝的记者证就挂在胸前，滕知许手里的摄影机，都明白地显示着桑几枝的来意。

随川摆摆手："没关系，让桑小姐休息下，外面太阳大，我们要有待客之礼。"

看到随组出乎意料帮桑几枝说话，李爽摸摸鼻子收回手回到办公桌前，继续整理资料。

市公安局的资料都会封存，而且有解锁密码，一般人很难拿到内部资料，不过记者就在眼前，李爽抱着电脑往里面的办公区域走，避免资料泄露。

滕知许坐在滕辅深的旁边，看桑几枝没有动，点头示意："坐啊，不要客气。"

他那种不顾随川才是主人的姿态，让桑几枝有些为难。

随川善解人意地搬了张凳子给桑几枝："不用客气。虽然冷气开得足，冰冰冷冷的，可是我很有人情味的。"

滕辅深不动声色地看着眼前的一切。他跟桑几枝高中同班，算算时间，认识也好几年了。他是个正常男人，自然看得出桑几枝对他有感情。可是感情这回事，不是因为一方有，另一方就得付出相同。

他对桑几枝只有朋友的感情，多了没有；少一些，也谈不上。

他这些年，所有的心力都在滕知许的身上，对别人根本无暇顾及。

而被突然拉进房间里的桑几枝，更不自在。她想跟滕辅深打招呼，可是看得出他在忙，也就不好意思打扰他。

就这样坐了一个下午，消息没有拿到一个，还差点儿被这尴尬的气氛压抑得快窒息过去。

【第五章】
DIWUZHANG

你很顽强地活着，很用力很用力地不让自己睡着，这么些年，你没有让我失望。

1.

出于礼貌，滕辅深顺便载桑几枝回家。

华灯初上，热闹的景象在窗外熠熠生辉，桑几枝坐在副驾驶上，扑通的心跳声让她不敢发出一丝声响。

滕辅深没有直接送桑几枝回家，拐弯的时候，在桑几枝诧异的眼神中他自顾自地说："先去吃晚饭，然后再送你回家。"

他的声音对桑几枝来说就是魔咒，她想也没想就点头同意。

滕知许坐在后车座，看着桑几枝愣头愣脑的样子，淡淡笑着。

桑几枝。

桑几枝。

他轻轻念着这三个字，没有发出任何声音，平舌转翘，越念越喜欢。

　　一家装修雅致的小餐馆，来往的人并不多，车停在门口的时候，滕辅深转头对桑几枝有些抱歉地说："这家比较合知许的口味，要麻烦你迁就一下了。"

　　桑几枝点点头，不管她在别人面前怎样风风火火，在喜欢的男生面前，依然保留作为女生的温柔和得体："没关系啊，尝尝新口味嘛。"

　　桑几枝以前口味并不重，桑妈注重养生，除了给桑春来养身体那段时间，其他时候家里的餐桌上都是些清淡点的菜色。

　　高中最后一年，桑几枝住校复习功课，中午的时候跟滕辅深一起在食堂吃饭，为了迎合他才变得爱吃辣。

　　点菜的时候滕辅深特意点了两道口味稍重的菜，等菜上了之后，三个人的筷子并没有往油腻红辣的菜盘里去。

　　滕辅深给旁边的人添了汤之后，问她："不喜欢吗？我记得你比我还能吃辣的。"

　　桑几枝噎食，她总不能告诉他我是因为你才换了口味，其实我不怎么能吃辣吧。

　　夹了面前碟子里的青菜，她有些不好意思地说："身体不适，身体不适。"

　　滕知许挑眉看着她，样子可爱，逗起来应该会很好玩。

滕辅深轻轻点头，想来应该是懂了，也不再继续问她。

滕知许吃饭的时候很安静，有滕辅深帮他料理一切，他吃得很快，然后静静地坐在那里刷手机。

滕辅深和桑几枝有一搭没一搭地说着话，桑几枝突然想起什么，问滕辅深："你还记得咱们高中班上的那个体育委员吗？瘦瘦高高的那个，听说要结婚了，奉子成婚。"

滕辅深低头想了想，说："是那个时候给你写情书被你告到班主任那里的那个吗？"

旁边的人刷手机的动作停顿，不经意地往滕辅深的方向靠了靠。

桑几枝没想到滕辅深会提起这个，脸一下子红了起来："哪有，是他上课的时候总揪我头发我才告他的，没什么情书。"

滕辅深笑了笑，放下筷子看着她："说起来那个时候我们班上好多男生都挺喜欢你的，我还记得你有个外号，叫'问题女侠'，蛮可爱的。"

聊起高中时代，两个人话渐渐多了起来，聊到一些有趣的事情，滕知许闷着头在一旁不作声嗤嗤地笑着。

洗掉这些天身上的汗味，桑几枝舒服地躺在柔软的床上。终于能好好做个面膜，这几天活得像个远古人类一样，让她几次想要丢掉摄影机走人。

想起伍清芳之前说心情不好离职散心的事,桑几枝觉得作为晚辈应该打个电话慰问一下。

从桑几枝进入报社开始,一直是由伍清芳带着的,两人私下很少有交情。可在工作上伍清芳教了她许多,两个人的关系或多或少来说,也算得上师父与徒弟。

可是电话拨过去,冰冷的机械女声提示她该用户无法接通,在她就要放弃的时候,清冷的声音经过电流传来。

"喂?"

"伍姐,我是小桑。"

那边的声音停顿了一下,然后问她:"怎么了吗?工作上有难题?"

桑几枝听出她声音里的疲惫,想长话短说。

聊了大概几分钟的样子,桑几枝以不打扰休息为由结束通话。

电话那头在挂断前叫了她一声,声音又断掉。桑几枝等了一会儿,主动开口:"伍姐?"

吸气声传来,混杂着电流"嗤嗤"响。

"小桑,你要记住,我们记者这个职业,一定要秉着公正客观的角度去报道新闻,无论新闻的对象是谁,无论他做了什么,错就是错,对就是对,千万不要为了保护某个人,去欺骗所有人。"

这段话,是她入职的第一天伍清芳就对她说过的,她一直记着,没有忘记。

可是她隐隐感觉，这段相差无异再次重复的话，说这话的那个人，背后藏着什么东西。

她不由得挺直腰板，虽然坐在床上有些歪歪斜斜，可是她的心里有根笔直的标杆，时刻提醒着她，在这个行业里，要时刻尊重和敬畏某样东西。

不是为了自己，不是因为利益，而是对社会大众绝不欺瞒。

临睡前，手机有信息进来。

一个陌生号码，看着有些眼熟，她翻看通讯录，是从她的手机拨出去的号码。

是滕知许的号码。

之前吃完饭回家的路上，滕知许找不着自己的手机，说借她的手机拨一下，她当时特别不客气地问："为什么用我的？"她才不想知道滕知许太多。

后座的人声音懒懒的："刚刚吃饭的时候辅深的手机被我玩没电了。"

她不情不愿地把手机拿给他。来电响起，滕知许的手机原来掉在车座夹缝里。

桑几枝起身看了一眼，滕知许的短信内容是——比起梦见高中追你的男生，梦见我才是好梦。晚安。

桑几枝翻了个白眼，身子重重跌进被子里，翻来覆去好几次都睡不着。

看着天花板不知道出了多久的神,手里还隐约能感觉到白天时候滕知许牵着她的手的温度,因为出汗她手里黏黏的,可是他并不介意,一直牵着她。

翻身头埋进枕头里,拿过手机又看了一眼。

神经病啊!

滕知许看了一眼手机,消息已经发出去十分钟了,没有得到回复。

阁楼里透进月光,洒在地板上盈盈好看,掀开被子他坐在藤椅上,摇着摇着,有些睡意。

滕辅深站在楼梯下,听着藤椅摇动的声音,莫名地心安。

划开手机屏幕的清脆声音响起,他感觉到滕知许的焦急,走上楼的时候滕知许扣下手机,一脸天真地看着他。

"怎么了?"

滕辅深坐在床边上,黑色的拖鞋面上沾染上皎洁的月光,他低头轻轻笑,然后问滕知许:"你是不是喜欢几枝?"

亲昵的称呼让滕知许有些不高兴,脸色沉了沉,坦荡荡地回答:"是啊。"

滕辅深点点头:"可是她喜欢别人。"

滕知许说:"我知道,她喜欢你。"

隐晦被揭穿,滕辅深抬头看着他。滕知许逆光坐着,坚毅的轮廊在昏黄的灯光里,冰冷地放置着。

"我对她不是那种感情。"

"我知道。"

"所以你才这么毫无顾忌、明目张胆?"

依然坦荡地回答:"是的。"

滕辅深站起身,坐在地板上,手摇动着藤椅,声音里带着惊喜:"我很高兴你终于有了爱人的能力。哥,我真的很替你开心。我记得小的时候姑姑跟我说,她很害怕你会不健康,那时候你生着病,可是我知道她说的不是你的身体。你很顽强地活着,很用力很用力地不让自己睡着,这么些年,你没有让我失望。"

"我真的很替你骄傲。"

滕辅深下阁楼的时候,藤椅摇动的声音静止,淡淡的声音传进他的耳朵里:"小深,这些年要你来保护我,会不会很累?"

滕辅深摇摇头,身子微微颤动,他从来不觉得累。

小时候姑姑拉着他守在病床外的时候,他看见玻璃里睡着的人,心想哥哥那么脆弱,好像轻轻一碰就会破碎掉的样子,好可怜啊。

姑姑拍着他的肩膀,温柔地跟他说:"小深,哥哥好像很痛苦的样子,我们晚些时候再来看他好不好?"

小小的人儿把头点得重重的,然后担心地问:"姑姑,哥哥会不会死啊?"

姑姑捂着他的嘴，眼睛里有什么东西要溢出来："不会，可是哥哥身体很不好，以后小深要保护哥哥好不好？"

"好，我会保护哥哥。"

"因为我喜欢哥哥。"

姑姑拉着他往外走，他回过头，看见还很虚弱的哥哥正看着他，艰难地抬起手，跟他再见。

……

踩在楼梯上的声音很轻，滕辅深的手抓在扶手上，用力地抓紧。

"不会。"

"你是哥哥，我是弟弟。以前我抓紧过你的手，所以我就不会松开。"

他从来不在乎外人怎样拿他跟滕知许比较，他知道有人说他金光，是因为他背后有滕知许这颗太阳。

那是他们在外面的人生，他喜欢这样的人生。因为，比起在滕家，翻转过后，他会恨。

滕知许怔怔地看着下楼消失不见的背影，想起在乡下的那几年，他没有回过滕家。

放假的滕辅深站在老屋前的院子外，冲他傻呵呵地笑："哥，我不想回家，你收留我几天呗。"

那天下了小雨，乡下的土路上全是泥泞，一双洁白的球鞋上全是泥巴，他看了看滕辅深，扔掉手里的竹筐。

"鞋自己洗。"

"好。"

"你来做饭。"

"好。"

"我堆了两天的衣服。"

"我来洗。"

其实滕知许之前不喜欢滕辅深,因为他知道,滕辅深才是滕家的孩子。

而他只是买来的。

他恨过,讨厌过,疏远过。

可是那个孩子很黏他,小小的人儿总跟在他身后,手指钻进他的手掌里,叫他哥哥。

所以,他凭什么恨他?

这个世界对他来说从来没有善意,可是没关系,他还是被人用爱包裹着。

春蚕得食吐丝,他也能得爱生爱。

2.

红砖瓦房里,电脑屏幕发出微弱的光芒。女人坐在电脑前,旁边的手机不知道第几次响起,她像听不见一样,看着网络上一字一句,她本来以为她会笑,可是从眼眶里汹涌而出的泪水提醒她,她并不开心。

手机跟电脑连接数据线,把手机里所有的图片导进电脑磁盘里,她没有进行下一步,而是一张一张地翻着,翻着她的青春,翻着这些年里她所有的委屈。

隔着电脑屏幕,照片上的男人已经不似当年的俊俏模样,微微有了发福的样子,眼睛没有当年好看,那里面是数之不尽的欲望和权力,为了得到这些,他背弃了他们的爱情,娶了另外一个女人。

照片里是他们拥有过的青葱年华,年少岁月里只有欢愉的爱情,无关名利。手摸上电脑屏幕,隔着冰冷的一面玻璃,她幻想那个男人其实一直爱着她,是干净无瑕、单纯美好的爱。

泪水嘀嗒在键盘上,打醒她所有的幻想,手指在键盘上飞快跳动。

第二天,营南市麻辣社区炸开了锅。

桑几枝被紧急叫回报社,李总坐在漆黑的电脑椅上,背对着她。一根烟抽完,他转过身问她:"小桑啊,还记得去年你实习转正的时候吗?"

记得。

同期实习生一共有六个,只有一个转正名额,当初为了得到转正名额,其余五个人争破了头地跑新闻,什么稿件都敢往上送,相比之下，她懒散得多。

只是转正名额，最后落在她的身上。

李总看着液晶电脑屏幕，面上严肃："当初我不同意给你转正，比起另外五个孩子，你一没有冲劲儿，二爱较真，性格不讨喜，又不愿意吃亏。可是你知道我最后为什么改变主意吗？"

她摇摇头。

李总说："因为你比别人认真。我们这个行业，只追求一点，公正客观，事实是什么我们就报道什么。你跟另外五个孩子最大的不同，就是不会为了转正名额瞎编乱写。虽然我不喜欢你，可是我不得不承认，这个行业需要你，敢写敢说，用事实说话。"

桑几枝低着头，没有说话。

办公室里只有点击鼠标的声音。

然后是重重的一声叹气，李总看着她："这次的新闻我想交给你，我相信，你不会因为感情而失去自己的原则，所以，你是最适合的人选。"

当天，在营南市的街头巷尾，所有人的八卦点都在前几天爆出婚内出轨且利用公权私扣公款的市秘书长康俭身上。知情人再现网络，这次更是直接把康俭这些年来贪污的金额一一条列出来。而知情人的身份，也正式公布，是康俭大学时的初恋情人，现在是他的地下情人。

伍清芳。

　　桑几枝从报社出来的时候，接到伍清芳的电话，给了桑几枝一个地址，并且交代桑几枝带上摄影机，她要在社会大众面前公布康俭的真面目。

　　桑几枝直接打车去伍清芳给的地址，一栋离山体滑坡安置点不远的红砖瓦房，经年失修，红白色的砖瓦脱落，阻碍了杂草的生长。

　　伍清芳没了往日里的仪态，长发胡乱地扎起，平日里总是化着淡妆的脸上阴沉沉的，一点也不像上海筒子楼里容光焕发的姨太太，倒似操劳家务的女管家。

　　桑几枝像被谁掐住了喉咙，声音涩晦：“伍姐。”

　　伍清芳点点头："进来吧。"

　　房间里没有灯，只有透过窗户投射进来的阳光才能看清房间里的陈设：一张摇摇欲坠的军人床，洗漱用品工整地摆放在窗沿上，用砖头垫着的不平稳的木头桌子，上面放着一台笔记本电脑，这是房间里看起来唯一值钱的东西。

　　桑几枝差点儿哭出声来。

　　在她的印象里，伍清芳是个活得精致得不能再精致的人，一双高跟鞋折了跟都不会要，用的东西破损了就会扔。而这样的环境，连工地上搬砖挪瓦的建筑工人宿舍都不如。

　　从桌下拿出两张折叠椅，伍清芳先坐了下来，见桑几枝不动，她声音淡淡的："你不要嫌弃。"

桑几枝连忙摆摆头，把身上的东西放在地上，拉着伍清芳的手问："伍姐，这是怎么回事？你不是说出去散心，怎么会在这里啊？"

伍清芳轻轻拍着她的手，反过来安慰她："没事的，我没事。"

两个人寂静地在瓦房里坐了许久，桑几枝才打开摄影机。透过摄影屏幕的女人面色看起来好了许多，深吸了一口气，将这十三年来所有的苦楚和那个男人所有的恶行娓娓道来。

这是一个女人的十三年，大起大伏，爱恨交织，都在这里面，关于她和两个男人。

伍清芳大一那年，认识了学生会的会长，漆涞。乡下来的穷小子，没有背景没有钱，可是能力出众，在学校里也是个风云人物。尽管依然有人在背后嘲笑他，可是他有喜欢的女生和力挺他的兄弟。大学四年里，他一直觉得，得此两人就已经足够了。可是他不知道，他喜欢的女生，爱着的人不是他，而是他的好兄弟。

大学最后一年，学校里唯一一个北京研学名额，他唾手可得。可是他喜欢的女生跑来求他，说让给她爱着的那个人吧。

爱情里，只要他有，他就会给。他给了，给得无怨无悔。

他们看着那个人北上研学，一路扶摇直上，再回来时，他还带回了他的妻子，任职营南市秘书长助理。

伍清芳怎么也没有想到，她牺牲了一个爱她的人，换来的是自己的死无全尸。那个人来找她，她没有抗拒地接受。漆涞气愤，她却破口大骂，赶走了那个一直跟在她身后的人。

　　后来的漆涞怎么样了她不知道，因为她在专心地扮演着一个永远只能等着爱人来找却不能去找爱人的角色。她是一段婚姻里的第三者，可是她安慰自己，我才是他爱的人。然后男人偷腥，有了一个就会有两个，他转身跟别的女人甜言蜜语，她都知道，可是她愿意忍受。

　　十三年，就这样过来了。

　　直到半个月前，她再见到漆涞——山体滑坡的新闻里那个在倒塌的房屋前翻捡着值钱东西的男人。他的一生被她断送给别人，可是再见到她时，他问的第一句是：我心爱的姑娘，你过得好不好？

【第六章】
DILIUZHANG

只有他们两人才能听见的声音，突然变成他们两人之间别人都不知道的秘密。

1.

采访视频播出之后，伍清芳看着电视上等待判刑的康俭，十三年来背负的所有沉重尽数消散。

她替他求来的人生，被她杀死，终于也算是有个交代了。

这一生，康俭欠了她很多，这下终于都还清了。可是她欠漆涞的，永远都还不清。她把账户里所有的钱都取了出来，拿给漆涞，可是他没有收，他说："我只要看着你好就好了。"

他依然爱她，可是她依然不爱他。

她偷偷把钱塞给漆涞的妈妈。

老人手里抓着钱，是她这辈子种谷种菜也种不出来的厚度。她握着伍清芳的手，温柔得像对自己的女儿说："我听小涞说过，这钱我们不能要,不是我们的钱不能收。"

伍清芳哭着说:"阿姨,这是漆涞该得的。当年要不是我,他才不会是现在这个样子。我没有什么能还的,这些钱你拿着,我对不起他。"

老人擦掉伍清芳脸上的泪,说:"我没读过书,种了一辈子庄稼,我只知道有就是有,没有就是没有。天灾人祸我们挡不住,能留下什么就算什么。我们小涞啊,命就这样,他只要活着,身体健康,对我来说,什么都比不过。"

伍清芳把钱放在帐篷外的石头堆下,她走出空地,漆涞追上她。

湛蓝的天幕之下,两个人都没有说话,他们静静看着彼此,所有的抱歉和爱悔都在风里。漆涞没有变,十三年前是个穷小子,十三年后是个穷男人,还有他那颗炽热的心,永远装着一个姑娘。那个姑娘现在就站在他面前,泣不成声,他想上去抱抱她。

可是他知道,以前不是他,现在也不会是他。

他爱一个人,不要求此生在一起,不要求死葬于一穴,而是我要你过得好,过得很好很好,让我时时牵挂你,却又很放心你。

康俭的案子并没有告终,在清点家产的时候,随川发现和康俭有牵连的人远没有那么简单,他把清查报告送了上去,上面的人说彻查,可是等了两个月,依然没有回复。

桑几枝后来去找过伍清芳几次,家门紧闭,手机空号。伍清芳从这座城市消失了,带着她所有的爱和恨,真正地去散心了。

两个月的时间里,市公安局依然忙碌,桑几枝依然跑新闻。唯一不同的是,桑几枝的手机里,每天晚上都会进来一条来自同一个号码的短信,简单的两个字,有种神奇的魔法让她夜夜好眠。

晚安。

警大的暑假来临,桑春来在放假的时间里天天霸占桑几枝的客厅。在桑几枝第七次发现桑春来把四角裤塞进洗衣机里时,一场洪荒大战爆发。

桑春来的所有行李被桑几枝打包回家,而放在家里的所有手办全部被她锁在柜子里。

桑春来彻底蔫了,老实地搬回家住,但仍然不忘拉着桑几枝一起下水,姐弟俩被桑爸桑妈强制要求在家住了一个星期。

桑爸还是每天晚上喜欢看足球快讯,桑妈拉着两个孩子去对面的操场散步。

男孩子,血气方刚的年龄,所有的注意力都在热血之上,还没有看到温情的时候,到了操场上就跟着几个差不多年纪的男生打篮球去了。

桑妈和桑几枝围着操场转了一圈又一圈,有一搭没一搭地聊着生活琐事。

在还是学生的时候，每天面对着最让人焦头烂额的成绩，不敢懈怠，怕辜负了未来、父母还有自己。而从走出象牙塔的那一刻开始，每天要面对的，是一个人的柴米油盐酱醋茶。

小时候不懂父母为什么总是逼着我们铆足了劲儿学习，誓死要拿好成绩。那时候会痛恨自己、父母甚至世界，可是后来就会懂了。妈妈精打细算，面对的是爸爸零星的薪水和整个家庭的开支。妈妈数学不好，可是被生活逼得斤斤计较，一分一毫都要争回来，她语文作文永远都拿不到满分，可是在菜市场前，她辩口利辞就是为了买一颗蒜也能便宜一毛钱。

以前不懂妈妈，后来你就能明白她了。

爸爸妈妈从来没有逼你，比起在残酷的生活面前，他们永远都在保护你。

桑春来又进了一球，桑妈的眼睛一直追随着矫健的身影，笑得很开心。然后察觉到旁边的人浑身上下的低气压，问她："最近工作是不是有什么烦心事啊，刚刚看你吃饭的时候就不怎么开心。"

城市里的夜空很少有星星，碰上天气好的时候也只能看见零星的几颗。这里的晚上不同，星星在天头挂成一片，好像谁家的小孩子调皮拿画笔在天幕上一颗一颗画上去的，亮晶晶的，灿烂无比。

桑几枝数着天上的星星，突然说："我记得小的时候春来喜欢蹲在阳台边上数星星，谁都不能打扰他。如果他数错了或者忘记数字了,就会缠着我哭好久。"

桑妈跟着回忆了起来,那时候的桑春来才刚刚上小学,功课跟不上,数学老师说唯一的死办法就是时时盯着他。桑几枝对付桑春来比桑爸桑妈更有办法,她拉着被桑爸训哭的小春来,指着天幕上的星星说:"如果你哪天能把星星数清楚了,我就帮你求妈妈给你买《七龙珠》的漫画书。"

小春来看着她,抽泣声没有停止:"真的吗?"

"真的,我们打钩。"

……

桑妈欣慰地笑:"从小啊,春来就听你的话,爱跟着你。"

桑几枝点点头:"我更爱凶他,可他还是喜欢黏着我。"

桑妈把桑几枝的手紧紧攥在手心里,眼带慈爱:"你们两个啊,一个是手心,一个手背,对我来说一样重要。"

桑春来又进一球,桑几枝冲他吹了个口哨,然后桑妈一巴掌拍在她身上:"女孩子没个女孩子的样子,以后怎么嫁得出去啊?"

她头靠在桑妈的肩上,亲昵地撒娇:"那就不嫁好了,缠着你们一辈子。"

"好啊,反正我也舍不得。"

浩瀚星空下,累积了好些年不曾与人说过的委屈突然变得渺小。

在她的心里,她曾经强迫自己很努力很努力地融入这个家庭,她以为会很难,其实没有。他们身上的某处流淌着同样的血液,是不需要去证明去宣告,就能把他们紧紧牵连在一起,任谁也分不开。

2.
　　整个暑假,桑春来一直在桑几枝的暴力下生存着。警大开学以后桑春来升上大四,读研还是实习,他自己没能拿个准儿。桑几枝霸占着他的床,零食细碎掉得满床都是,他敢怒却不敢言,等着桑几枝给他最真诚的建议。
　　桑几枝翻着漫画书,成堆成堆,快有半个人高了。小的时候她偷偷跑去漫画书店里借回来看,后来又被桑春来拿走,男孩子爱热血,一看就停不下来,漫画书、手办、周边,什么都买。
　　空掉零食袋里最后的细碎,桑几枝靠坐在床上看他:"你自己怎么想的?"
　　桑春来说:"我又没有辅深哥那么好的头脑,读研是浪费时间,想了想,还是实习的好。"
　　桑几枝点点头:"好啊,早点出去赚钱才能养我,同意。"然后坐直了身子看着桑春来,"想怎么做就怎么做吧,没有人能阻挡你的脚步,毕竟在这条路上你才是主角,别人怎么看怎么说的都不要紧,最重要的,是你自己怎么想,毕竟这条路还是要靠你自己走出来的。"

　　开学之后,桑春来在学院教授的推荐之下到市公安局报到。虽然说当年报考警大是迫于桑几枝的压力之下，可是冷暖自知，在接触到犯罪心理学之后，从小怀有英雄梦的桑春来反而对这个专业兴趣高涨，连续三年获得学院的奖学金，学院的教授对他更是青睐有加。

报到当天，跟桑春来一起的，还有一个女生，叫莫羡。

两个人一前一后到办公室找到带实警员，桑春来跟着随川，而莫羡跟着滕知许。

一天的实习结束，桑几枝在市公安局的门口等着桑春来，打算慰问慰问一下。

桑春来精神还不错，看来并没有受到压迫和剥削。

出门的时候刚巧碰上滕辅深开车来接滕知许，滕辅深邀请两人一起吃晚饭。

还是上次的餐馆，还是上次的菜色。

桑几枝近来生活无波无澜，没有大起大落。对她来说，这样的平淡不知道有多珍贵。以前还在学校的时候，跟着室友在图书馆里温书，窗子外望出去是一片小湖，岸边载着成片的柳树，细长的枝条垂进湖水里，微风轻轻经过，湖面涟漪四起。她在图书馆二楼看着，心情突然没由来变得十分糟糕。

桑春来在办公室里已经见过滕知许，不爱说话，一整天下来都坐在那里，安静得仿佛像是谁挪了尊石像放在办公室里。

是滕辅深率先打破了这片寂静。

他端起茶杯，脸上升起朝阳一般热情的笑容，对桑春来说："下午的时候我听教授说你进市公安局实习，很好啊。"

桑春来挠挠头，有些不好意思："辅深哥，你就别开我玩笑了。"

这两个男生，曾经也一起驰骋在篮球场上挥洒汗水，在所有女生的期待和尖叫声中拿下一分又一分。感情就是这样熟络起来的，晚上时时约两局球，打累了就去学校外面的苍蝇馆子里炒两个小菜。一直持续到滕辅深念研，时间全部被课题占用了去。

滕辅深眼睛亮起来："说起来咱们好久没有打球了，什么时候约个时间，一起啊。"

桑春来异常同意，他实在想念跟滕辅深在篮球场上奔跑的快感："好啊好啊，好久没打感觉身子骨都快废了。"

滕辅深嗤嗤笑着，转头对一直没说话的滕知许说："你也一起吧，不然你就快要送去维修室重新改装零件了。"

滕知许白了他一眼。

桑几枝在你来我往的对话中吃得饱饱的，听见滕辅深的冷笑话，不厚道地笑出了声，然后伪装尴尬地端起水杯："呛着了，呛着了。"

滕知许仰靠在椅背上，眼神一直追着她的一举一动，没有说话。

桑春来嫌弃地离桑几枝远一些，然后对滕知许说："知许哥，可以这样叫你吧。反正又不是在局里，这样亲切些嘛。"

滕知许不发表意见地点点头。

桑春来得了蜜，又说："辅深哥打球很厉害，你一定更厉害吧，下次咱们可以一起切磋切磋啊。"

　　桑几枝低头抬着眼看滕知许，心想他肯定不会答应的。

　　然后就听见清清淡淡的一声："好啊。"

　　桑几枝摇摇头，看看他比当初还没考警大的桑春来还要羸弱消瘦的身板，瞎逞什么能呢？

　　吃完饭以后，滕知许和桑几枝在车子旁边等着滕辅深结账。

　　天空灰红，层层叠叠一片，看起来像是又要下雨了。

　　桑几枝脚踢着路上的石子，白色帆布鞋鞋底和地面摩擦的声音抓人耳朵发痒，她四处张望着，就是不看滕知许。

　　她对滕知许，一直有些害怕。那双眼睛只要看着她，就好像什么都能知道，让她赤裸裸地站立在世界中间，任人唏嘘讨论。

　　有个声音跟着风灌进她的耳朵里："为什么不回我短信？"

　　桑几枝心里"咯噔"一下，没想到他会突然提起这件事。

　　她侧过头，不相信地问："你在问我吗？"

　　滕知许点点头："对。"

　　桑几枝继续装傻："什么短信？"

　　滕知许这下不说话了。他看见桑几枝故意用莫名其妙的眼神看着他，佯装自己真的毫不知情的样子。他心里偷偷发笑，桑几枝的道行还是太浅，任何的伪装在他面前终究是无处遁形。

　　他往桑几枝站的地方靠近了一些，两个人从刚刚隔着一辆车的距离，到现在只要伸出手，就能拉住她的胳膊。

桑几枝用眼睛余光瞟着滕知许，他低着头，学着她的动作将地上的石子踢来踢去，也许是觉得无聊了，一下子踢出去好远。

她断定滕知许这个人有些时候真的很莫名其妙。

想想第一次有这种印象应该是她高三毕业那年，最后一个月的冲刺期，学校高三各班班主任召开家长会，家长之间相互交流着怎么在监督孩子和不要给孩子太多的压力之间转换得当。那个时候的她留在教室里帮忙写黑板字。

桑几枝的班上只有二十七个人，二十七位家长中间，就数滕辅深最特殊。

来的是他哥，滕知许。

那天下着雨，滕知许披着透明颜色的雨衣，穿着一双长筒雨靴走进教室，姜黄色的稀泥掉落在白色的瓷砖地板上，扎眼又醒目。

桑几枝看见班主任都抖动的眼角，更听见一屋子细碎的讨论声。

滕知许毫不在意，雨衣下的刘海被雨水打湿，他坐在最后一排，甩了甩头，就趴在桌子上睡觉。

桑几枝坐在旁边，支手看着窗外淅淅沥沥的雨滴。她从小视力就好，经常能看见飘荡在空气中的浮游物。雨滴打在窗沿上，溅起些许掉落在她的手臂上，压倒皮肤上细细的绒毛。

她听见椅子挪动的声音，然后转过头，然后看见教室里的所有人都看着她，特别是一脸晦暗不明的桑爸。

滕知许把位置挪到了她旁边，依然睡着，跟她共用一张课桌。

她惊慌地往后退，桌子上的人慢慢地抬起头，睡眼惺忪，声音喑哑："下雨声很好听啊。"

只有他们两人才能听见的声音，突然变成他们两人之间别人都不知道的秘密。

有人在咳嗽，桑几枝退出教室。

滕知许没有换回之前的位置，坐在她之前的凳子上，支手看着雨。

……

没了一会儿，滕辅深从餐馆里出来，看了看，问桑几枝："春来呢？"

"上厕所。"

"嗯，那等一下再走。"

桑几枝咬牙，心里把桑春来痛打好几次，怎么能这么麻烦他未来姐夫呢！她赶紧说："我给他打个电话。"

滕知许倚靠在车门上看着正打着电话的桑几枝，她以前是长发，不知道什么时候剪短了，到齐肩的位置，发尾参差不齐地卷起，有种凌乱之美。侧脸看过去，早没有了高中时候的婴儿肥，看起来更瘦了，眼睑下有轻微的黑眼圈，应该是时常熬夜赶新闻稿留下的。

他静静看着，直到桑几枝打完电话，他从裤兜里掏出手机，装作漫不经心的样子走到桑几枝的面前。

刚放进手袋里的手机又响起铃声,桑几枝翻找出来,眼睛余光看见旁边的人又开走,然后脸上绯红。

手机屏幕上一直闪动着,她接也不是挂也不是,抬头看过去,那个人正扬扬得意地举起手机看着她,胜利的滋味谁都可见。

滕知许手按动着屏幕,对她做着口型:"小骗子。"

他看见了,清楚明白的三个字——催眠药。

转身开门进车,隔着窗户玻璃,他看见桑几枝正一脸恼怒地抡起胳膊教训着桑春来。

【第七章】
DIQIZHANG

她什么都记得,记得爱,记得恨,记得流
淌过时间的河岸边,她真正笑过。

1.

清晨六点的营南市里难得的安静,不像晚上夜生活开始的时候,满街的大排档争相占地摆桌,呼客迎人,热闹非凡。

清洁工人挥动着手里的扫帚,枝条刮在地上,发出一阵一阵的嘈杂声。哪家窗户里的男人因为昨晚熬夜,被这声音吵醒,大力拉开窗户,准备呵斥楼下的清洁工人。

窗户外扑翅飞开几只夜鸟。男人喉结滚动,声音哽在呼吸道,脸上的表情变化了几波。什么声音在响,带着冲击和惊恐,划破了静谧的长空,让黑暗和残忍暴露。

太阳东升,阳光落地,一切都在重新开始,黑暗无处躲匿。

李爽跟两个警员蹲在街边商铺前吃着早餐，金黄色的鸡蛋灌饼，一口咬下去里面的薄饼很脆，两口豆浆喝下肚，肚子饱了该做事了。

　　个子小一些的警员记录着现场的细节，突然想起什么，转身问做着街边笔录的李爽："爽哥，新来的两个实习生怎么还不过来？"

　　李爽头也不回，厉声呵他："别想偷懒，做事。"

　　小个子警员悻悻回头，一只手突然搭上他的肩，声音里还带着恐慌："警官，这是仇杀吧？你说我会不会被人盯上啊？"男人立指向天，"我可从来没有犯过事也没招惹过谁啊，正经的良好市民，你们一定要保护好我啊！"

　　小个子警员打发走男人，跟旁边的同事说："这哥们儿被害妄想症犯了吧？"

　　这时候李爽走了过来，手里的记录本敲上小个子警员的头："做事就做事，瞎讨论什么！"

　　拿过小个子警员手里的记录本，一条一条地仔细看着，小个子警员在一旁汇报："尸体是早上六点过三分时候发现的，当时的目击者正拉开窗户想要呵斥清扫大街的清洁工人。"

　　李爽轻笑一声："三六九等。"

　　小个子警员继续说："当时天刚亮，目击者居住楼层在九楼，视线往下的时候就看见对面楼层外倒挂着的尸体，除了清洁工人，没有看见其他人。"

　　李爽点点头，往上看去，是一栋只有七层高的居民楼。死者是被人从天台系绳悬挂下来,绳子的长度刚好到三楼。每扇窗户外都有一台用铁架支起的空调外机,血液滴落在二楼的铁架上,还没有凝固。

居民楼外是条小吃街,最晚收摊时间是在凌晨三点之后,清洁工人的上班时间是在凌晨六点。凶手为了避人耳目,作案时间应该在凌晨三点到五点半之间。

李爽扣上记录本,巡视了一圈,对小个子警员说:"你们继续在这里盯着,我先回局里。"

市公安局里,随川翻看着尸检报告,没有注意到走进办公室的人,听见声响,头也不抬地说:"帮我泡杯咖啡。"

没有回答,咖啡的香气随之弥漫在房间里,轻微的脚步声,声音陌生:"随组,咖啡泡好了。"

随川敏感地抬起头,是一张陌生的脸庞。

男生头,白色卡通T恤,牛仔短裤,如果不是胸前微微鼓起,实在看不出来面前站着的是个女生。

陌生姑娘迎上疑惑的目光,洪亮的声音响起:"随组你好,我叫莫羡,警务谈判组的实习生,昨天刚刚来报到。"

随川拿起桌上的咖啡,倚在桌子上看她:"你师父呢?"

莫羡站直身子:"刚跟师父通了电话,在家里吃饭呢!"

随川脸部抽动,滕知许这个谈判组专员会不会太轻松了些?

莫羡又说:"师父说,抓凶手这事儿不归他管,没必要赶着来。"
随川问她:"那你这么早来这儿干吗?"
莫羡冲他敬礼:"为了世界和平!"
随川摇着头继续翻看报告,心里不禁吐槽,一个比一个奇葩。

桑春来到局里的时候,没有看见随川,倒是惊喜地发现办公室里多了个女生,放下早餐袋子,坐在莫羡的桌子上,熟络地问她:"你就是昨天我没见着面的另一个实习生吧?"

莫羡点点头,礼貌地喊他:"师兄好。"

桑春来面露喜色,一声师兄叫得他特别受用,看来她还不知道他也是实习生。

他手搭在莫羡的肩上:"嗯,加油好好干,师兄罩你。"

"谢谢师兄!"

桑春来更喜,毫不察觉身后有人靠近,直到头上吃了一记,他扭头不满地问:"谁啊?"

随川面无表情地看着他。

桑春来一下子蔫了,蹦下桌子,谄媚地拿起早餐袋子跟在随川身后:"老大,您还没吃早餐吧,我特意买来孝敬您的。"

随川瞥了他一眼,觉得头更加痛了。

一立案,市公安局内就开始忙碌起来。市民对这起案件尤为关注,凶手的手法残忍，又是命案，一时间，网络上众说纷纭，弄得人心惶惶。

滕知许是在尸检报告递上去之后才到局里的，莫羡看见他时，第一个冲了上去，手里端着咖啡，跟在滕知许身后恭恭敬敬的，一脸小迷妹的表情。

随川隔着电脑屏幕看了滕知许一眼，然后咳嗽了两声。

桑春来自作多情地去饮水机前接了水，放在随川的面前："老大喝水！"

声音特别大，房间里加上李爽三个人都看着他。桑春来憨笑着，冲莫羡挑了挑眉，笑得特别开。

几家媒体蹲守在市公安局外，拉着进进出出的警员套着近乎，想探听些消息。

桑几枝扛着摄影机，蹲在树荫下玩着游戏。

不是她不勤奋，而是这次的案件不同以往。营南市一直是模范城市，治安好，市民素质优良，多次在城市风貌评分榜上拿优，而现在发生命案，如果不是凶手归案，是不会透露出一点消息的。

但是，李总非让她跟进报道，不然现在她正在报社里吹着空调刷着新闻，哪会像现在这样在外面喂蚊子。

看了看时间，快到中午吃饭的时间，桑几枝给桑春来发了一条消息。

不一会儿，桑春来挤过采访记者走到桑几枝的面前，学她蹲在树荫下，看着进进出出的人，感慨人生。

蹲到腿麻，桑春来轻轻撞了撞还在玩游戏的桑几枝："不是要吃饭嘛，还不走？"

桑几枝正杀得高兴，不耐烦地说："等等，就快拿蓝了。"

桑春来起身绕到一旁的小路上，找了个石凳坐着等她。

桑几枝手指操作快速流畅，当她第一个冲到敌方塔下准备放大招时，手里的手机突然被人拿走，然后是提示人物阵亡的消息。

桑几枝不可置信地站起身："桑春来你……"

面前的人看着她，笑得一脸无辜，桑几枝到嘴边的脏话没有骂出口，僵硬地站在原地，眼神躲闪着。

前一天晚上被抓包的尴尬还历历在目，她耸了耸肩，完全忘记了可能已经被队友举报的事。

滕知许上下打量着她，脸被晒得通红，额头上有微微的细汗。

鬼使神差地，他伸出手，摸上她的额头。

桑几枝有些错乱地看着他，眼里彰显着惊恐。可是滕知许佯装看不见，手掌轻轻移动，擦掉她脑门上的汗渍，伸回手时握紧成拳。

"还没吃饭吧？要不一起？"

滕知许拿过背在她肩上的摄影机转身就走，见桑几枝没有跟上，又转身回来拉她。

感觉到手腕上的微烫，桑几枝才回过神来，嘴巴微张，一脸不可思议。

看着滕知许的背影,桑几枝心里打鼓。

她跟滕知许说不上熟络,几年来也就打过几次照面而已,也没有说上过几句话,可是她发现,滕知许这个人的行为越来越奇怪,她越来越摸不清了。

等走出市公安局大门时,桑几枝才觉得哪里有些不对,她本来是约了桑春来吃饭的。意识到这一点,桑几枝往回看,并没有看见桑春来。

一个声音突然在左侧响起:"枝哥,你在找什么?"

桑几枝闻声看过去,"你什么时候跟过来的?"

桑春来白了她一眼,凑到她耳边,特别委屈地说:"在你被知许哥拉走的时候,你丝毫没有想起你还有个在太阳下暴晒的弟弟吗?"

桑几枝咬着唇看他,皱着眉向他晃头表示自己也很无奈。

桑春来当看不见,赶上滕知许的脚步,嬉笑着问他:"知许哥,你的小徒弟有男朋友吗?"

滕知许边走边想,转头问他:"想追她吗?"

被戳破心事,桑春来坦然道:"大家都是年轻人嘛,交交朋友也很正常的。"

滕知许"哦"了一声,笑得特别灿烂:"不知道。"

市公安局里本来有食堂，不过在职久了，很多警员吃得有些腻了，也会换换口味。大门口出来往左拐有个小巷子，门店上的招牌为了招引客人涵盖了八大菜系，等进店看了菜单也就是些小家常菜，酸甜苦辣倒是样样齐全。

滕知许一直没有松手，两人触碰到的皮肤生出细汗，可他并没有放手的打算。

桑几枝一路发蒙，直到被牵进饭馆，滕知许递给她菜单她才如梦初醒。

桑春来到前台拿了三副碗筷，等待的工夫瞅见莫羡一个人在巷子里乱晃，赶紧招呼了一声。

莫羡走过来，笑得一脸天真无害，大大咧咧地拍上桑春来的肩："你也在这里吃饭吗？我逛了好久每家店好像都差不多，不介意搭个伴儿吧？"

桑春来赶紧问老板又要了一副碗筷："不介意，不介意，大家好兄弟，一起吃。"

莫羡跟着桑春来走进饭馆，见滕知许坐在店里，欢乐地蹦过去："师父！"

滕知许的目光一直在桑几枝的身上流转，听见莫羡的声音，看都不看只是微微点了点头。

桑几枝觉得浑身不对劲儿，臀部使力把凳子往旁边挪了挪，滕知许盯着她的小动作，低头轻轻笑着。

莫羡盯着面前两人的你来我往，好奇地问："师父，这是你女朋友吗？"

桑几枝急急摆手："不是，不是，别误会，我就是过路的。"

桑春来在莫羡旁边坐下，拆开碗筷的塑料包装递给莫羡："这是我姐。"

滕知许接着说："嗯，好朋友。"

桑春来咳嗽了一声，桑几枝脸上没由来地泛红。

莫羡像个外族人误入了这一方土地，摸不着头脑地看着各有心事的三人。

2.

一餐饭后，莫羡跟桑几枝聊得蛮投机，从各大美妆聊到各色品牌，两人审美相当，爱好一致，相见如故，回去的路上加了各个社交账号，等到了市公安局办公大楼，两人甚至相拥告别，亲密得如同认识了好多年的姐妹。

桑春来在一旁拉长着脸，抱怨着："枝哥，我觉得你对她比我对还好。"

桑几枝一脸莫名其妙地看着他："怎么说？"

桑春来说："你都好久没抱我，上一次……上一次都还是我小学的时候。"

桑几枝回忆着，那次桑春来跟学校里的男生打架，跑到初中部找她，哭得眼泪鼻涕横流。她冲到小学部，把那几个男生痛揍了一顿。没想到放学的时候，几个男生嘲笑桑春来，把他堵在男生厕所里，还把他的上衣丢进厕所。桑几枝找到他的时候，他从鼻子里流出来的鼻涕泡儿吹得正大，桑几枝脱下校服裹在他身上，把他扛回了家。

想到这里，桑几枝哼哧笑出了声。尽管桑春来个子比她高许多，但他依然是她的弟弟，亲昵地叫她，每天放学等在教室门口拉着她的手一起回家的弟弟。

桑几枝张开双手，用宠溺的语气叫他："来抱抱。"

桑春来一步跨作两步，把桑几枝揽进怀里。

他才不是矫情，只是突然想到，小时候桑几枝不高兴时他还能牵牵她的手安慰她不要哭，现在她一个人住在外面，一个人伤心难过时没有人跟她说说话一定会很难过。

桑几枝的手在他背上轻轻拍着，然后顺势向下在他的腰上掐了一把："别以为这样我就会答应你去我那里住，想都不要想。"

难得潸然泪下的画面被无情地打破，桑春来嘿嘿笑着。他想给她一些力量，以任何方式，只要她不难过，过得开心一点，不要去想以前的事，怎么样都好。

进入办公楼以后，桑春来跟在滕知许的身后，突然面前的人站定回头看着他。

桑春来被盯得心里发毛："怎么了，知许哥？"

滕知许向他走过来，他愣在原地不敢动弹。

滕知许在笑，笑得特别阴险，他突然一把抓住桑春来的胳膊，说："为了不让你以后觉得我对莫羡比对你好，先给你一些爱的鼓励。"

然后在桑春来还没有反应过来的瞬间，拉过桑春来，两副身躯相撞时发出沉闷的声响，滕知许特别大力地在桑春来肩上拍了拍，然后快速地推开他，留下一脸无措的桑春来站在原地。

滕知许往办公室的方向走去，抿嘴笑着，余温还在。

整个下午，急速地度过。

随川所在的侦查组协助重案组寻找案件的突破口，办公室里的人来来回回地忙碌着。除了滕知许，仿佛整个世界与他都无关系，安静地坐在那里……玩着手机。

晚上回家跟桑爸桑妈汇报完今日的行程并道过晚安之后，桑几枝从各类书本杂志垒成的桌子下翻出一本相册，外页是特别俗气的红牡丹绘制的图案，她打开来，是从小到大的记录照片。

有她的单人照，有小时候被桑妈抓拍到跟桑春来打架的，还有一家四口外出旅游的。一页一页地翻看着，她能清晰地记起每一张照片的背后，是什么样的天气。

最末页，被她用各种颜色的胶布缠盖着，一条条地撕开，照片上的三个人，笑得特别开心。

照片有些泛黄，手摸上去，时间在倒流。

她站在公园的绿草地上,看见好几个孩子从她身边嬉笑着跑过,一个扎着马尾辫的小女孩跑得比其他人慢,手里举着老师刚刚发的小红花,一个没刹住撞上她。她低头看着小女孩,血液直冲大脑,一瞬间脑子里炸开锅。

那是小时候的她。

小几枝往前继续跑着,奶声奶气地喊着:"妈妈,妈妈,你看,漂亮老师说我今天在车上没有哭,特意奖给我的小红花。"

站在树下的妈妈抱起小几枝,捏着小几枝的鼻子夸她:"小枝最乖了,我们去找爸爸好不好?"

她想起来,那天是幼稚园组织的家庭春游,爸爸好不容易抽出一天的假期跟她和妈妈一起参加,照片就是那天拍下来的。后来爸爸被紧急叫回局里,临走前亲吻着她的额头,说晚上回家的时候给她买最喜欢的洋娃娃。可是后来,他再也没有回来过。

妈妈抱着小几枝往河岸边走去,桑几枝跟着她们,穿过嬉闹在一起的男孩女孩,穿过在草地上野餐的一家三口,看见把小几枝抱在脖子上的爸爸在河边飞奔着,妈妈在笑。

她什么都记得,记得爱,记得恨,记得在流淌过时间的河岸边,她真正笑过。

【第八章】
DIBAZHANG

我何曾拥有过你,明明是你,一直牵动着我,从来没有放过我。

1.

案件的告破用了半个月的时间,缉拿凶手归案之后,各家媒体记者蜂拥在市公安局门口,摄影机来回摆动。随川所在的侦查组跟重案组一起接受媒体的采访,从作案手法到缉拿过程,一一告知,毫不隐瞒。

等媒体散去之后,在幽闭黑暗的审讯室里,滕知许看着坐在对面的人。被剃掉的头发下,脑袋右侧有一条足足十厘米长的疤痕,双手合十放在犯人椅上,他的眼睛直勾勾地盯着滕知许。

昏暗的环境里,滕知许对他来说是一只轻而易举就能打猎到的兔崽子,毫不费力就能置之死地。

然而他忘记了自己现在是已经被逮捕归案的杀人凶手,坐着的这块地方,是这方土地上最神圣、最不可侵犯的地方。

滕知许看着他,手里的资料翻到底,双手放在桌案上:"哨子,克林莱公司的总经理。克林莱公司表面上是一家娱乐公司,背地里做的却是资金倒转,哦,就是洗黑钱。"说到这里,他抬头看了一眼黑暗中的影子,"这双偷龙转凤的手,原来还会用刀杀人?"

哨子坐直了身子,被手铐铐住的双手微微上抬,说:"我这双手,以前也是干净的。"

滕知许把手里的资料扔向他,背躬着,戏谑地问他:"吃的是人民的米,做的是害民之事。你那双手上面沾的是鲜血,哪里干净了?"

哨子噤声,半眯着眼睛,一下子失了话语。

滕知许继续问他:"还记得钉子吧?他老婆孩子是你绑的?"

哨子点点头。

"被害人窦志樊,是前营南市公安局的档案室管理员,八年前退休在家。你杀他,是为了从他口中得到什么消息?"

哨子张张嘴,话哽咽在喉口。

窗外有些微光投射进来,刚好照在滕知许的背上,往后一仰,脸上的表情没有变化。

就快入秋了,天气渐渐变凉。

桑几枝整理完新闻稿之后,滕辅深来了电话。

关于高中体育委员结婚的事儿。

桑几枝早拿到了请柬,在电话里跟体育委员呼啦了两句,答应他到时候一定会去。可是忙着忙着,给忘了。

滕辅深正在去酒店的路上,一通电话打过来,提醒了桑几枝今天是体育委员结婚的日子。她慌慌忙忙地洗漱好,从衣柜里选了许久才挑出一件合适的衣服。等一切收拾妥当,滕辅深来消息说已经在她家楼下。

让桑几枝觉得诧异的是,滕知许也在。

滕辅深冲她笑了笑,解释道:"局里放了他三天假,我不在就没人给他做饭。"

桑几枝转头对窗外翻了个白眼,系好安全带车子启动出发。

到酒店的时候,一对新人正站在大堂前迎客。好几年不见的同学,各自为生活前程奋力拼搏,淘沙打磨。桑几枝没有一夜暴富也没有嫁入豪门,清爽得如同当年只要走在走廊上就会引来许多男生吹口哨求吸引的模样。滕辅深呢,变得成熟稳重,像行走的荷尔蒙,招引各路花枝招展的艳丽蝴蝶。而当年在校篮球队一战成名,被各班女生追捧的体育委员却变了模样,啤酒肚、越发往后的发际线、松弛的面部肌肉,与当年完全形如两人。

桑几枝跟在滕辅深的身后,不确定地问:"还有别人也在这里办婚礼吗?"

滕辅深微微侧头,眼神示意着新人旁边的海报。新娘小腹微凸,新郎深情地把她拥进怀里,而右下角用喜庆又恶俗的大红色写着的新人名字,跟桑几枝脑海里转动不停的名字吻合重叠。

"OMG,他也变太多了吧!"

桑几枝将对面散发喜烟的新郎和旁边的滕辅深来回打量,由衷地感谢上苍没有对她心里的男神下狠手。

一直默不作声的滕知许跟在两人身后,双手插兜,旁若无人地走着。他的眼睛,只看着一个人。

好些同学从各地赶来,碰杯几巡已经醉了,坐在一起聊起这些年,然后纷纷不服气地说,怎么先结婚的人是大昭呢?

大昭是体育委员的外号,当年在校队里个子最高、打球最猛,可惜人有点儿傻,对感情这回事反应迟钝不会表达。

滕知许安安静静地坐在一边儿,眼睛看着被拉去喝酒的桑几枝,没想到听来一桩暗恋往事。

是桑几枝高二那年,扎着马尾辫穿白色衬衣的年纪,风风火火的性格让她跟各班同学打成一片,女生喜欢找她帮忙,男生乐意帮衬她,可是总有几个人跟她对不上,大昭就是其中一个。那时候换座位,大昭特意选在桑几枝的后面,每天上课不是扯她头发就是拿笔芯戳她后背。夏天汗水浸湿衣服,把女生细心隐藏的秘密彰显在众目睽睽之下,用大家的话来说,大昭那天可能是疯了,手摸上桑几枝的后背，扯动内衣肩带，"啪嗒"的一声，在安静自习的晚上，刺耳又让人脸红。

桑几枝把大昭告去了班主任那里，两人的座位被调开。对喜欢桑几枝的大昭来说，隔着一条只能过一个人的细窄走廊，就像是把他的初恋给生生抹杀。牛郎跟织女隔着银河还有喜鹊搭桥，他跟桑几枝什么都没有，就此告终。

而桑几枝呢，在事隔一个月之后换座位的时候，才从书桌抽屉的最里层翻出大昭写给她的情书。同桌笑她错过一段美好的感情，桑几枝看着摊开着的情书上的字迹。这时上课铃声响起，一脸汗意从篮球场上下来的滕辅深走进教室，她想都没想，把情书揉成一团扔进了垃圾桶。

往事被提起来的时候，或多或少带着遗憾和愚蠢，可是纵使感情犹在，人已经有了变化。就像那个总是使坏用欺负的方式喜欢着桑几枝的蠢笨男生大昭，现在有了妻子，即将也会有一个可爱的宝宝。就算他永远不能释怀于那一天在兄弟们的鼓励下说出的告白，也已经没关系。

喜欢是一个人的事，跟桑几枝无关。他负重前行得到爱，是因为现在站在他身旁的，是他法律上的妻子、终生的爱人。

被吃瓜的同学怂恿，大昭站在人圈里，对面是一脸慌乱的桑几枝。大昭往前走了几步，两人相隔的距离只有三步，他伸出手，杯子里的液体晃动,气泡涌了上来,在起哄声中破裂掉。

大昭回头看了看,怀着孕的妻子也在看他,眼神里没有责怪,是相信,是鼓励。

——去吧,做个了断,我们的日子才能真正开始。

大昭的脸上满布红晕,因为酒精,也因为害羞,他看着桑几枝的眼神一直闪躲。恍惚间,像回到十七岁那年,他扯动她的头发,她愤怒地回身看他,可是他却不敢直视着她的眼睛。

滕辅深没有参与进去,坐在滕知许的身边,端起酒杯递给他。

桑几枝在大家的眼神中看出了不同,心里有东西在乱撞,不自觉地往后退。大昭没有给她机会,她退一步,他进一步,直到身上有人拿手抵着她的背,手心里的温度熟悉,可是面对步步紧逼的大昭,她无心回头确认是谁。

大昭低下头,在起哄声中红了耳根,举在半空中的手一直颤抖,声音低哑:"老同学,跟我喝一杯吧。"

桑几枝从桌上拿起酒杯,不好意思地看了看大昭身后的新娘,对方没有恶狠的眼神没有嫉妒的表情,她也看着她,带着笑,温柔无比。

2.

大昭没有等桑几枝的回应,她的反应对他来说已经无足轻重了。

他只是做一个告别，跟几年前的自己，跟曾经傻傻喜欢一个人却不知道表达的自己。

一杯酒喝干，众人的起哄声更大，桑几枝端着酒杯，在嘈杂的声音里身体紧绷得僵硬。

一个声音在她耳边响起，如和煦的春风，吹散了她心里奔腾了百里的千军万马，终于寂静。

那个人说："这杯酒，应该我来跟你喝，谢谢你，也祝贺我。"

音落，吃瓜的一干同学眼神传递不断，话里的意思明显不过，正牌男友出来了。

桑几枝感觉到一只手揽住她的肩膀，然后是液体经过喉咙的声音。她抬起头看见滕知许的脸，微微扬起的下巴处有点点儿的胡楂，喉结滚动，三秒的时间，一杯酒就喝尽了。

滕知许侧头看着她，唇瓣抿动着，突然凑近她的耳边，分离的唇瓣发出清脆的一声，在旁边人的眼里，像是滕知许在她脸上亲了一口。

她扭动着身子想从他的胳膊里出来，可是他使了力，根本挣脱不开。

大昭点点头，回身招呼着其他同学。

人圈散开，桑几枝跟滕知许站在原地，她抬头瞪着他，发现他好高，自己才到他肩膀的位置。

"还不松开？"

滕知许侧头："真狠心，刚刚帮你解了围就这样对我。"

桑几枝更怒了："你刚刚那句话什么意思？"

还有吃瓜同学看着他们，滕知许低笑着再次凑近桑几枝的耳边，声音诱人酥骨："就是……谢谢他没有拥有过这么好的你，才让我觉得我有多幸运。"

心，颤动了一下。

桑几枝看着滕知许，慌乱的情愫又来了。

她分不清滕知许说的是真的还是假的，可是手里的动作告诉她——千万不要相信。

手撩开滕知许的西装外套，里面是干净的白色衬衣，她动作轻柔得有些暧昧。滕知许看着她，享受着她的手掌攀附在自己的腰肢上的温度，下一秒，疼痛感突袭。

桑几枝好不容易才在他腰上找着一块肉痛下黑手，他太瘦了，手摊开就能握住他的腰肢，整个人套进黑色西装服里才有了立体的视觉感受。

出乎意料的是，滕知许并没有露出吃痛的表情，他看着她，甚至还在笑。

他的手也伸了进来，握住桑几枝的手，躬下身子亲昵地用额头蹭了蹭她的头发："你怎么这么暴力啊？"然后抓着她的手压在自己胸口处。

桑几枝抵不过他的力气，有些求饶地说："你先松开，好多人看着呢。"

　　滕知许没有同意："没关系，在他们眼里我就是正牌。"

　　桑几枝侧着头，看见滕辅深正看着她跟滕知许，更加羞红了脸，她喜欢的人在那一边，可是她现在被恶魔缠身，挣脱不得。

　　她的声音一下子软弱无力，浑身颤抖地开口："滕知许，你放过我好不好？"

　　众人的眼睛之下，是一对小情侣的调情模样。大昭看过来，对上滕知许的眼睛，笑得礼貌。

　　滕知许往后退了一步，把头枕在桑几枝的肩上，叹了口气，对他来说这样的温存远远不够。她的肩膀在抖动，他知道她在抽泣，可是他舍不得松开。

　　桑几枝咬着牙叫他："滕知许。"

　　他受不了她这样怜弱的声音，只能妥协："好。"

　　滕知许拉开跟她的距离。

　　得到解放的桑几枝头也不回地走开，看着她逃窜一样的背影，滕知许轻声笑着："我何曾拥有过你，明明是你，一直牵动着我，从来没有放过我。"

　　滕辅深走到他旁边，刚刚的一切他都看在眼底，滕知许的热烈，桑几枝的躲闪。

"不去追吗？"

滕知许摇头："太急会让她害怕。"

滕辅深点点头，他认识的桑几枝英勇如同战士，可尽管这样，也是面对感情手足无措的女生。

滕知许转身看着滕辅深："而且她刚刚一直看着你。"

滕辅深举起双手，一脸无辜地说："我可没有做什么啊。"

滕知许盯着滕辅深，眼睛里的危险意味让滕辅深心里不禁发毛。

"以后少在她面前晃来晃去的，看着眼睛疼。"他带着笑推开滕辅深，坐在席间。

桑几枝离开酒店直接回了家。放在桌子上的手机一直振动不停，打开后是同学群里发的照片，她一张一张地翻看着，都是婚礼上拍的。从新郎新娘入场到酒席之间，入镜的人有很多，而她发现，只要是有她的照片里，都能看见滕知许一直盯着她的画面。

她闭着眼睛躺在柔软的沙发里，觉得整个中午的时间虚幻得像是做了一场梦。

得了一天假，桑春来没事晃荡在商场里。下个月是桑几枝的生日，算算时间，刚好在发工资之后，他想给桑几枝挑件生日礼物。

商场有五层，一层一层逛上去，每家店铺都打着促销的消息招揽着客户。桑春来在一家动漫周边店前驻足，看着橱窗里摆放的手办，忍了忍还是禁不住诱惑走了进去。

如果每个男生都曾经有过英雄梦，那么每个男生就都曾经幻想有朝一日能成为会使龟派气功成为宇宙第一的超级赛亚人孙悟空。

桑春来也是这样。

小的时候桑几枝总会从漫画书店里借来《七龙珠》的漫画书，他躲在小小的房间里，从清晨看到黄昏仍然意犹未尽。像一颗种子种在了心里，尽管已经过了中二的年纪，可是他依然喜欢那个没有了尾巴还是天真如初的小英雄。

蹲在橱柜前，桑春来细细看着，没有店员的打扰，他特别享受跟这些人物模型独处的时间。

橱窗上映出一张女生的脸，男生头，耳边的头发被汗水打湿黏在脸上，跟他看着同一个手办。

是莫羡。

"你怎么在这里啊？"莫羡绕进店子里，依然是白色的卡通T恤，不过难得的是今天穿了条牛仔短裙。嗯，还是好看。

桑春来指了指橱窗里各色的手办："来看看它们。"

莫羡蹲在他的旁边，拿起其中一个问他："你也喜欢七龙珠吗？"

桑春来挠挠头，有些不好意思。

比起在橱窗外，进店之后更让莫羡有些雀跃。她在店铺里逛了两圈，然后回到桑春来身边，头垫在膝盖上的胳膊里，好像想到了什么，嗤嗤笑了一会儿，然后跟桑春来说："我最喜欢库林了，色魔小光头。"

桑春来拿起库林的模型,递给莫羡:"你知道吗,小时候不懂,长大了以后才知道,其实库林的两次死亡才是让悟空变强的原因。第一次,悟空因为他变成了地球第一,第二次,也是因为他,悟空成了宇宙的第一强者。"

莫羡点点头:"是啊,那个小光头,每一次都站在悟空的身后,给了悟空很多很多的力量啊。"

从漫画店出来以后,两人去五楼的餐厅吃了饭。分开的时候,桑春来踌躇了很久,然后叫住走在前面的莫羡。

"怎么了,刚才的饭菜不合胃口啊?"莫羡站在原地看着他。

桑春来向她走近了两步,旁边是一家三口坐在商场的长椅上,看着两人。

莫羡好奇地看着桑春来,见他一直不说话,走近他一只手拍上他的胳膊:"有话就说啊。"

桑春来的眼睛四下看着地板,白色的瓷砖地板上来来往往许多人,大多是情侣,女生挎着男生的胳膊,一路嬉笑着走过。他抬起头,深吸了一口气,然后一鼓作气地问:"你有男朋友吗?"

莫羡睁大了眼睛看他,双手不安地在身上摸来摸去:"怎……怎么了吗?"

桑春来看着她涨红的脸:"没有是吗?"

莫羡犹豫地点了点头,每一下,都能感觉到脸上的红晕又扩大了一些。

　　桑春来贴近她,没有了开始的不知所措,他突然有种冲动想抱抱她,可是害怕她接受不了,于是努力地克制着自己。

　　"那我要开始追你了。"

　　"莫羡,我挺喜欢你的。"

【第九章】
DIJIUZHANG

我害怕哪一天，我爱上一个人，然后他走了，我就会忘了该怎么爱自己了。

1.

下午的阳光慵懒惬意，金黄色铺满湖面，河岸边上的枯枝随微风轻轻摆动着，泛起涟漪。

河面上的水纹逐渐扩大，一圈一圈向外打去。手里拿着棉花杨的小女孩扯着妈妈的手不愿意走了，闷气地蹲在河堤边上，嘟着嘴巴指着河面上的观赏船，央求妈妈也要去坐。

桑几枝踩着脚踏，"咯吱咯吱"的声音与静谧的河面相互冲撞着。踩累了，她一脚蹬在坐在对面发呆的桑春来身来："你来踩！"

桑春来站起身来，两人错身的瞬间，桑几枝一巴掌拍在他后脑勺上："这么热的天来划船，晒得这么黑，你真想我嫁不出去啊！"

桑春来摸着头，有些黯然神伤地说："你嫁不出去我还可以养你，但是你得先帮帮我,不然我就得光棍一辈子了。"

桑几枝从包里翻出瓶装喷雾,前两天刚刚买的,大牌子,花了她一个月三分之一的工资,用起来心疼得要命。手挡在耳边,小心翼翼地按下喷口。脸上给滋润好了,她坐直了身子看着垂头丧气的桑春来,伸出脚又踢了两下他的脚:"谁说我嫁不出去了,你姐的行情还是很好的。"

桑春来脚上用力,踩出去好远,不相信地说:"骗谁呢?我还不知道这么些年都是你单恋辅深哥。可是说真的,姐,要不放弃吧。我看辅深哥对你真的没那份心思。"

听到"滕辅深"三个字,桑几枝的气焰像被河里的水给一下子浇灭了。上次婚礼之后,她跟滕辅深再也没有碰过面了,连电话消息也没有一个,以前她总能借着什么无厘头的理由找他帮些什么忙,他也不推辞,只是每次事后她以谢他为名请他吃饭什么的,都会被他托故不来。

而现在,想起那天在婚礼上滕知许对她的所作所为都被滕辅深看在眼里。她在后来的某天夜里脑补出了一场爱恨大戏,不过是个悲剧,而她就是悲剧的主角,要说滕知许是杀死她爱情的元凶,那除了她以外,另一个受害者就是滕辅深了。毕竟在这场荒诞大戏里,她跟滕辅深是情比金坚、至死不渝的恋人。

桑几枝瘪了瘪嘴,样子迷糊得像是高中时候得知了考试成绩不理想然后想转移话题但又特别不走心地说:"说我干什么,今天不是你找我吗?说吧,要做什么?"

桑春来忧愁了一下,故作悲怜地抚了抚额间的刘海。

桑几枝看着他做作的样子,恶心得差点儿连昨天早上吃的十二个饺子都要吐出来了。她一直想不明白,警大的女生是不是脑子瓦特了,居然把竞争如此激烈如同王位一样无比崇高的校草之位给了桑春来,而且,还是连续三年。

"别摸了,你头发油。"

"没关系,脸帅就行,其他的都不重要。"

"找我干吗?"

"哎!说起来真让人伤心……嗷!"

"有屁快放!"

因为莫羡。

那天在商场告白之后,莫羡慌乱而逃。桑春来以为她是害羞了,晚上给她发消息,等了好久也没回复。一通电话打过去,莫羡结结巴巴的,他燃烧起来的恋爱之心却在下一秒被人摔落在地。

莫羡在电话里说:"我觉得我们可能不适合……今天下午的事咱就忘了吧,不然以后天天碰面那得多尴尬啊,你说是不是。"

桑春来在电话这边点点头,应承着:"你说的是,那就当没发生过吧。"

莫羡松了好大一口气，以为乌龙的告白就这样结束了。可是她不是桑几枝，并不知道桑春来从小最让人头疼的，就是记性不好，这头刚说过的话，那一头转眼就能忘了。

譬如第二天到局里的时候，桑春来提着大包小包的早餐袋出现在办公室里，给每人发了一份，然而拿给莫羡的，豪华了不知道多少几倍。

随川看着手里的榨菜包子，再看看莫羡桌上的皮蛋瘦肉粥、手抓饼、油条、肉包……然后用眼神交流的方式询问滕知许：你徒弟对我徒弟做了什么？

滕知许在桑春来敢怒不敢言的眼神下拿起一个肉包子，慢悠悠地啃着，然后微微开口："成年人嘛，交朋友，很正常。"

随川同样伸出自己的魔爪，眼看就要得逞了，桑春来把属于莫羡的那一份全部抱在怀里，换到办公室角落里的位置上，一样天真愚蠢地冲莫羡喊："来这里吃，你还在长身体，得多吃点儿。"

说这话的时候，眼神一直瞟着藏着龇牙咧嘴的卡通怪物后面的 A cup。莫羡红着脸走过去，看了一眼随川，然后冲桑春来扔过去两颗大栗子："劳您费心了，我已经不长了！"

……

从那以后，他跟莫羡之间就像猫抓老鼠一样玩躲猫猫的游戏，莫羡不再跟他说一句话，能用眼神解决的事情，尽量不会开口说一个字，必须语言交流的，从 QQ 黑名单里把桑春来拖出来，说完之后再给拉回去。

　　说到动情处时,桑春来学着电视剧里的情节,手拨动在河面上,画面实在伤春悲秋。可是这副样子没有维持多久,又像神经病发作了一样,手插进河水里,左右搅动着,跟练武之人一样发出"哼哼哈哈"的声音。
　　桑几枝黑着脸,往侧着身子的桑春来背上狠狠蹬了一脚:"发什么疯啊!"
　　桑春来像全身无力一般瘫倒在嫩黄色的观赏船上,也不踩脚踏了,任由观赏船停在河面正中间。河堤上的人远远看去,就看见一个女生蹲着身子在船上踢打着什么东西。
　　打累了,桑几枝用最后的耐心问桑春来:"说吧,找我到底干什么?"
　　桑春来揉着屁股坐在桑几枝身边:"上次看你跟莫羡聊得挺愉快的,帮我搭搭线呗。"

　　桑几枝在网上跟莫羡聊过几次,都是些平常琐碎、女生之间常谈的话题。然而她们两个人的关系,还不足以深到可以探听对方的感情。
　　两个人的接触交往,中间永远有一条界线横生在那里,别人触碰不得,因为他们都会介意。而他们之间的任意一方也不能随意往前,因为对方会介意。

　　总之，不管怎么样，你多想知道对方的事，对方就会用多大的力量去隐瞒。这件事也许跟你无关，你对他根本没有造成任何伤害的威胁，可是他就是不愿意，因为那是他自己的人生，跟你有个屁的关系。

　　桑几枝自然知道这个道理，可她还是暗戳戳地给莫羡发了条消息，打着 Shopping 的旗号把她约出来，动之以情晓之以理，佯装自己过来人的身份徐徐诱之，"身边有个人总是好的""凉水和白开水，得不到就先拿杯温水解解渴"。

　　虽然她觉得用"温水"来形容桑春来有些不厚道，可确实是她最亲爱的弟弟在死缠烂打。

　　这样一想，也没什么不对。

　　莫羡并不意外话题怎么倒转聊到她的私人感情上，她搅动着银勺，杯子里的奶油泡沫慢慢减少。

　　就在桑几枝觉得自己多管闲事的时候，莫羡抬起头看着她，眼神澄明没有一丝世俗的干净。

　　她说："可能是因为我太奇怪了，所以从小到大很多朋友都不会像你一样来操心我的感情。

　　"她们觉得，我一个人就可以了，过好自己的生活，还能时时照顾到她们的不安。久而久之，连我自己也这样觉得。

"几枝姐,我不是不能爱人,而是这些年爱自己爱习惯了,反而不知道怎么去爱别人了。有些时候只要想到有个男人,用甜蜜的语气跟我说着情话,照顾到我所有的情绪,然后突然有一天跟我说:'要不以后我们也这样过下去吧?'我就觉得很对不起那些年一直很努力取悦生活的自己。

"我这么奇怪的人,所有的顾忌和克制,都是来自于我的懦弱。我害怕哪一天,我爱上一个人,然后他走了,我就会忘了该怎么爱自己了。"

2.
　　滕知许一个人坐在乡下的院子里,深秋的夜里凉,还能听见虫鸣声隐藏在草丛堆里。
　　小的时候,对面家的叔叔晚上背着背篓,打着手电筒去田里摸鳝鱼,他跟在后面,眼睛盯着灯光,一点一点地看过去。爷爷走在他的身后,以防他走不稳当的身子跌进泥浆里。
　　那是多少年前的事了,还是记得很清楚。
　　在他至今为止的人生里,最不敢忘记的,就是每段人生里记忆最浅薄的这几年。
　　对每个人来说最无忧无虑没有丝毫惦记的那几年,是他的珍宝。
　　从学校毕业之后,他拒绝了营南市公安局抛出的橄榄枝,瞒着所有人跑回了乡下。

十几年没有人打理的田地早已经干涸,看不到发新芽的可能。他每天从井里挑水,一瓢一瓢地浇灌上去,挽起裤腿,下田、除草、松土、施肥。

清晨的时候,他坐在田埂间,看着嫩绿色的芽尖子慢慢往外冒。没由来地,他抱着胳膊哭出声来。

十岁的时候,他被关进衣柜里,不给吃不给喝,三天没有哭;十二岁的时候,他躺在病床上看着满手背的针眼没有哭;十九岁的时候,他站在学校天台上跟杀人凶手对峙盘旋没有哭。

那些关乎生死一线的时候,对他来说根本无足轻重。他不怕死,一点也不怕,可是只要一想到好多年前,那双紧闭上的眼睛,抚不平的皱纹在他的手掌心里没有了温度,他心里就揪成一团。

清晨的白日里,一切都是宁静的,平矮瓦房外,生出红锈的铁窗上站停着一只鸟儿,踮脚走动着,然后飞进瓦房里。

他擦掉脸上的泪水,一深一浅地往回走着,走到院子里的时候,声响惊动到了那只鸟儿,扑翅飞了出来。他站在正迎接朝阳的大地上,突然不甘心。

就是这个时候,跟以前很多时候一样,没有人来救救他、可怜他、悲悯他。

一束灯光扫了过来,滕知许睁开眼睛。

黑漆漆的小路上，依稀可以看见有人走了过来。他站起身，循着灯光走过去，灯光没有照在地面上，可是他能靠着记忆不让自己踩进松软的泥土地里。

"是小许儿吗？"灯光打在他的身上，对面的人懒懒地问。

滕知许站在原地不动："是。"

"什么时候回来的，也不去叔叔家里坐一坐。"那人继续往前向他走来。

"下午到的，来看看爷爷，等会儿就走。"说话的时候，转头看了看停在旁边平坦大路上的车，灯光从他身上挪走，顺着他的目光而去。

"这车可真好看。我们家姑娘去年的时候也买了辆车，跟你这个差不多大，没几天就给撞坏了，败家啊。"

走近的时候，滕知许叫他："滕叔。"

滕知许走进里屋搬出根小长凳，两人坐下来。

背篓里发出声响，滕知许伸手揭开来看："今天摸了这么多啊。"

十几条鳝鱼在背篓里横冲直撞，滕叔看了一眼："哎，要变季了，趁着这时候多摸些。"

滕知许摸了摸口袋，钱包在车上。

"滕叔，都给我吧，以后摸的都给我，我回来取。"

滕叔转头看着他，年纪大了，眼睛不好使，细细看了半天："怎么，你小子要开养殖场吗？"

滕知许低头笑着，丝毫不避讳："不想你辛苦。"

滕叔张了张口，犹豫了半天也没说出话。

好像就是去年这个时候，他家闺女夜里喝酒开车撞死了人，吃官司要赔钱。他坐在荒草疯长的田里，磕了磕烟枪，抖尽了烟灰，夜里走好几里地去别的村下田摸鱼。

滕知许上车的时候，滕叔背着背篓往自己家走着。听见车子发动的声音，他扔下背篓，冲田间的那一头喊："小许儿，要是受委屈了就回来。你爷爷给你留着房子和地，这里是你的家。"

转动方向盘，他回头看了一眼。那间房，他住了六年；那片土地，他在上面奔跑了六年。

现在少个人，就什么都不是了。

驱车到市里的时候，他掉头往住宅的反方向开去。是条陌生的路线，一路上是准备打烊的商铺。

桑几枝在跟桑春来做完情感辅导之后，开始解决晚餐的问题。冰箱里只有泡面和鸡蛋，泡面是桑春来留下的，鸡蛋是桑春来从家里带来的。她打开火，站在厨房门边等着水开。

"叮咚"一声，手机进来推送，是一条验证信息，请求添加好友。

她点击同意，对面马上发来一条消息——下来。

拉开窗帘，一辆黑色的轿车停在下面。

她关掉火，匆匆跑下楼。刚刚还在车里的人现在靠在车身上，看见她,站直了身子。

心跳声剧烈,她的脚步渐渐慢了下来。

"怎么是你啊?你来这里做什么?"

滕知许晃动着手里的黑色塑料口袋,笑得有些明目张胆:"来送温暖。"

桑几枝靠在门沿上,半长不短的头发扎成一个球,露出整张脸。

滕知许时不时回头看她,她叉着腰的样子看起来有些恶狠狠的。他每次都笑一笑转过头去,可是没了两分钟,又回头看她。

而桑几枝看着眼前这个男人身上的烟火气息,脑袋有些混乱。

滕知许在做饭,准确地说,他在剥鳝鱼。一刀下去,快准狠,反反复复,一袋子的鳝鱼剥完了。洗干净,另外装了一份放进冰箱里,手上清洗着台面,跟她说:"我不太能吃辣,做清淡一些好不好?"

桑几枝没意见的点点头,正合她意,然后不确定地问:"要不还是我来吧?"

滕知许动作连贯利落,爆香葱蒜之后下锅翻炒,用行动拒绝了她。

桑几枝为眼前的画面称奇,毕竟在她的眼里,滕知许相当于一个废人了。

她想了想,没错,很肯定的,是个废人。

转眼之间,三菜一汤烧好。

刚才被她打开的泡面袋已经去了角落,被打开的包装袋微微张着口,还在对她发出邀请——快来吃我啊,我的身体很筋道,我的汤汁也很不错。

　　如果是解燃眉之急,泡面确实是最好不过的饱肚之食了。可是现在整个房间里被香味弥漫,她弃械投降,乖乖跟在滕知许的身后上了餐桌。

　　人生来就是斗士,跟权力对抗,跟金钱作对,唯独不会跟温饱顽抗。

　　所以桑几枝在滕知许的注视下把桌上的饭菜扫荡得一干二净,然后故作不好意思地说:"你看看,劳烦你做饭了,碗就我来洗吧,我来我来。"

　　话说得跟抹蜜似的,最后还是滕知许洗的碗。

　　这份歉疚让桑几枝有些过意不去,面前这个是被滕辅深如珠如宝对待着的人,她良心有些不安。

　　在滕知许拎着垃圾袋出门的时候,桑几枝踮着脚看了又看,确认滕知许已经下楼后,给他发了条消息。

　　"下周六我生日,你跟滕辅深一起来吧。"

【第十章】
DISHIZHANG

我喜欢你,喜欢你,喜欢到想要跟你共用一个人生。

1.

周六那天一早,桑春来就拉着桑爸下楼做运动。

前几天桑爸的腿肌症又犯了,是多年前练足球时留下的病根子。每年只要天气一冷,右腿就疲软无力,走起路来一瘸一拐的。前一天晚上桑妈把入冬的棉被翻出来,看着桑爸走路慢吞吞的样子,止不住跟桑春来唠叨:"明天开始你带着你爸一起下楼跑跑步,我看着他这个样子真的是膝盖发疼。"

桑爸坐在沙发上,从桑春来的手里拿过遥控器,不经意地问桑春来:"要不咱爷俩现在下去走走?"

没等桑春来回答,耳尖的桑妈先喊:"想都不要想!怎么,这个点儿下去要去看楼下那些扭腰肢的小妖精啊?臭不要脸。"

桑爸有苦说不出,电视节目换了一个又一个,唠叨的声音没有停,直到夜里睡觉前,桑妈还在碎碎念他明明知道腿不好,也不知道泡泡脚。

桑爸听得耳朵快生茧了,翻个身:"哎呀,你烦不烦?"

隔壁房间的桑春来在跟谁讲着电话,细微的说话声传了过来。

迷迷糊糊间,桑爸感觉到腿上有什么东西压了上去,微微有些力道,但又轻柔。又听见抽鼻子的声音:"我还不是为你好啊!"

桑妈整个上午都在忙碌着,一大早出门买最新鲜的食材,专挑桑几枝爱吃的。叶子菜摘得干干净净,汤煲得香浓,等到中午的时候,一家四口人坐在饭桌上,给桑几枝庆祝生日。

以前每回过年的时候,桑几枝最怕的就是相互敬酒的亲情环节。明明是每天住在一起的人,抬头不见低头不见,非要在某个固定的日子里故作一把矫情。训不足说期望,再碰杯饮酒,过去一年的所有都被这几句话草草概括,然后再开始新的一年。

她如同世间所有的女儿一样,在暂别之后,与父母都特别亲昵。比上一次、上上一次、上上上一次都要多一些,一点点相加,越加越满就要溢出,她都舍不得腾出一些来。

可是这样的感情像高楼建筑,越高越岌岌可危。没有倒塌,你庆幸你的能力在能够承受的范围之上,可是一旦倒塌,满目荒芜,你才知道什么叫作完了。

这些年，关于那些不属于她的东西，终会在某一天跟她生生切开联系。

所以她先举起酒杯，手臂横在餐桌上，没有深情的话语，她只说了一句："谢谢。"

只有在场的另外三个人知道这两个字的重量，他们静静坐在那里，看着桑几枝一饮而尽，然后各自拿起筷子狼吞虎咽。

桑妈没有动，保持刚刚的姿势，一直看着她。

有些时候，就是女人比较懂得女人，一个表情、一个应答，或者说一个眼神，双方对视的时候就能明白另一个在想什么。

那些藏不住的秘密，你多想隐瞒，都逃不过来自另一个女人眼神里的窥探，你没有办法，只能直面相视。

桑几枝蹲在消毒柜前，把碗碟一个一个小心摆放进去。

老人说了，有些特别的日子里，有些东西，能避免就避免。

她不迷信，可是有些规则，应该遵守。

按下消毒按钮后，她撑着身子站起来，装作漫不经心地说："我没关系的。"

桑妈搓着抹布的手停顿下来，打开水龙头冲掉手上的泡沫，在围裙上擦干水迹。然后，很郑重地用特别仪式感的姿势把桑几枝拉进怀里。

小女孩长大了，也比以前高了不少。小时候得抬头才能看见她的小女孩，已经比她高出半个头了。

她的手在桑几枝的背上以缓慢的速度上下抚动着："虽然你不是我亲生的，可也是我们家用一滴汗一滴血养大的女儿。"

不是多厉害的话语，也没有一击即中的感觉。可就是这些相似的话，才让她能建起高楼，并使出全力去平衡这样的高度，努力去维护，避免倒塌。

晚上约在一家日料店，以桑几枝生日之名，其实主题是为了增进桑春来跟莫羡的关系。

尽管桑几枝觉得这样好像利用了她跟莫羡之间才刚刚建立起来的友谊。可是万一呢？都还没有试一试，谁就能肯定不行呢？

脱鞋进包间的时候，就那么一个刹那间，她突然感到哪里有些不对。

她向四处看了看，一切都很平常。她在原地愣了好几秒，直到桑春来从后面跟了上来，两人坐在包间里。

那种感觉还一直萦绕在心头，她心神不宁地坐在位置上，看着桑春来对着玻璃整理着头发，也能清楚地听见包间外的走廊上的脚步声，到底是哪里不一样，让她的心脏被紧抓着，脸部肌肉一直抽搐着。

她不知道。

滕辅深没有来。

出乎意料的是，她并没有想象中的失落。点完菜之后跟莫羡聊着天，眼神时不时地瞟到对面安静玩着手机的滕知许身上。

他今天穿着休闲，一身灰色的连帽卫衣，一副少年模样。

这个样子的滕知许，她曾经也见过很多次，在高中学校的图书馆里、小道上、教室里，永远安静，永远与世俗搭不上边。

桑春来坐在滕知许旁边的位置，插不进两个女生的话，有些无聊的他侧头看着滕知许。

手指轻点在屏幕上，白色的屏幕上是连篇的字句，看不懂的专业术语。他凑近些，好奇地问："知许哥，你大学念什么专业啊？"

滕知许微微侧头，想了片刻，抬起头来："图书馆学。"

莫羡手搭在木桌上："图书馆学？好奇怪的专业，师父你怎么念的这个专业啊？"

桑几枝同样看着他。

她对他一无所知，可是这心里面突然在什么时候悄悄滋生了想要靠近他、了解他，甚至是亲近他的想法。

她坐直了身子，双腿盘在桌下。木桌宽大，桌下的空间理应是足够的，但是她明显感觉到对面的人在向她靠拢，带着压迫和威胁，可她稳坐泰山，不避不让。

滕知许把手机扣在桌面上，迎着三人的目光："因为只有这一门可以用奖学金抵上。"

这时包间门被拉开,穿着日式和服的服务员走了进来,化着浓妆的脸上显得笑容僵硬,将餐碟一一摆好退了出去。

没人再对刚刚的问题进行下一步的探索。

桑春来夹了好几份口味不一样的寿司放在方碟里,然后抬手递到莫羡的面前。

两人之间的气氛今天莫名地融洽,一来一往恰到好处,不多不少。

桑几枝低头吃东西的时候刻意抬高眼睛看着对面的滕知许。他的动作不急不缓,骨节分明的手指捏着筷子,盯着碗里的寿司和旁边的蘸汁看了好久,无从下手。

桑几枝放下自己手里的筷子,拿起旁边的公筷,夹了一份刺身:"这个可以吗?"

滕知许抬头看着她,笑得眼睛眯了起来:"可以。"

"糖醋汁还是芥末汁?"

"糖醋汁。"

蘸好酱汁之后,桑几枝另外拿了个空碟,同样的手法重复了好几次,然后把满满的一碟寿司放在滕知许的面前。

抽回手的时候她才发现哪里不对,因为这些事以前都是滕辅深做的。没想到她做起来也得心应手,而且也不怎么讨厌。

滕知许很自然地吃了起来,毫不在意旁边两个吃瓜群众的眼神。

低头的时候,笑意控制不住,发出了轻轻的声音。
而这,让桑几枝红了脸。

吃完饭,桑几枝借机说要回报社取资料,又以滕知许有车为缘由撇下桑春来和莫羡。
等上了车,她拉着安全带有些不确定地问:"你有驾照吗?"
滕知许看了她一眼,脸色黯淡:"你不会一直把我当弱智患者吧?"
桑几枝想也不想:"对啊。"
脱口而出的话覆水难收。
紧闭空间的空气静止一般,她能听见滕知许缓缓的呼吸声。转过头,她发现滕知许还是保持着刚刚的样子看着她,她瑟缩着身子不敢动,心里痛骂自己真不会说话。
滕知许看着她变化的表情,本来阴郁的心情突然一消而散。他双手放在方向盘上,身子往前倾,歪头盯着她:"我的动手能力其实还不错。"
桑几枝不明所以地看着他,感觉话里有话,问他:"你说什么?"
滕知许卖着关子:"你想知道什么?"
桑几枝更加不敢动了。
然而更尴尬的是,她能感觉到鼻腔里有东西在涌动着。当年桑妈为了两个孩子的身体炖补品,用力过猛,弄得桑几枝每到秋天的时候，因为季节变化的原因，总爱流鼻血。

她僵硬着身子想要去够驾驶位前的纸巾盒，奈何距离太远，她根本够不到。

滕知许体贴地把纸巾盒递给她，也不逼问她，看着她抽纸巾的动作，勾嘴的幅度更大。

抽纸巾的时候，桑几枝透过车视镜看了一眼日料店的门口，桑春来和莫羡不知道什么时候已经离开了。戏本到此，她也算是完成了任务，在这样危险的环境下，她不知道自己能在滕知许的眼神攻势下存活多久。

攥着纸巾的双手不知觉地解开安全带，就在她庆幸得逞的瞬间，旁边的人以迅雷之势扣住她的双手。

她慌乱地抬头，电光石火之间，嘴唇碰上一处柔软。

失智的大脑一片空白，在超乎常理的本能下，她不受控制地微微张开嘴。

滕知许同样意外，可是来自身体某处的蠢蠢欲动让他不甘如此。他身子往下压了压，更加贴近桑几枝，低眸看着被自己圈在胳膊里的小姑娘，正睁大着眼睛看着她。本来是无心之下的触碰，但是没成想整个人都跌进了那双眼睛的旋涡里。

他更加用力地吻住她，身子不协调地侧着，有些难受。

秋夜里的凉风肆意而动，刮过马路两边成排的树木呼啸而来，凉飕飕的,让行走在路上的情侣相拥取暖,往明亮的尽头而去。

桑几枝的胸脯起伏着,喘气声一声比一声大。窗外是冰冷的空气,车里却燥热得不行。

滕知许从车后座拿过一床毯子,黑白色的条纹层层叠加,盖在桑几枝的身上,刚好包裹住她V字领下呼之欲出的春色。

桑几枝依然神游在外,直到旁边呼啦过一辆按着喇叭的车她才回过神来。

不敢轻举妄动的她用眼角的余光瞥着滕知许,发现他也正看着她,只是……他的视线有些奇怪。

顺着他的视线往下看,身上披着的毯子很温暖,有淡淡的薄荷味道……以及一个让人浮想联翩的位置——

"流氓啊!"

一个拳栗子向滕知许砸过去,却被轻易地拦截下来。

滕知许的手很大,刚好包裹住她整个拳头。让人迷恋的温度传递进心脏,好像——得到答案了。

那个让她心神不宁的感觉刹那烟消云散。

滕知许看着她,没有笑,那双眼睛里好像有星辰大海。

她动了动身子:"放开。"

滕知许摇了摇头:"不放。"

"你先放开我。"

……

拉锯战在滕知许的妥协中结束,他无奈地伸回手,像是不甘心,转头问她:"在你心里,是不是一直觉得我是滕辅深的附属品,没有了他,我就什么都不是?"

　　声音凉凉的,没有温度。

　　他想要一个答案,虽然这个答案对他来说根本算不上什么,可是他迫切地想要知道,在面前这个人的心里,他是什么样子的人。

　　桑几枝犹豫着开口:"是。"

　　意料之中的回答。二十七年的人生里,诸如此类的话他体会过上百遍,说起来,这是第一次让他觉得挫败。

　　他的呼吸声变粗,身子也开始抖动,不再说话。

　　一只手突然攀在他发凉的手背上:"可是刚刚,我突然不这么觉得了。"

　　桑几枝感觉到他身子一颤,转动身子面向他:"我不知道怎么形容这种感觉,但是我觉得,不一样了就是不一样了,我不想瞒着你。"

　　他没有听出她后面那句话的意思,看着她:"是我叫辅深不要来的。"

　　他发狂地嫉妒她每一次看滕辅深的眼神,他不止一次地渴望得到她拥有她,所以他不在乎用些没有经过她允许的手段让滕辅深慢慢消失在她的视线里。

　　直白的话语从他口中说出来,她倒没有表现出诧异的表情。

桑几枝只是点点头："哦。"

滕知许突然饶有兴致地看着他："怎么？不生气？不是很喜欢他吗？"

没有生气，根本就不想生气，她低头想着。

她把回忆线拉长，把时间回溯到十七岁那年第一次看到滕辅深的那一天。青葱的年纪里喜欢上一个人，无外乎是一场篮球比赛后那个人看过来的眼神刚好跟她重叠，那种欣喜的感觉长在心脏里，就这样长了七年。可是说起来，她能想起来的，也只有那一个眼神，是午后的阳光透进树林留下的斑驳光影，是篮球场上的口哨声和场下的欢呼声的恰巧重叠，是那一年她叛逆的青春跟黯淡灰色童年的寄托。

仔细想一想，跟滕辅深并没有关系。

比起十七岁那年的眼神，她更在意眼前这个人。

桑几枝看着他："不生气。"

滕知许摇开车窗，风灌了进来，让他反而清醒了不少，把这些年所有的克制吹散在冷风里。

搭在手背上的手有些不满足，翻开手心，十指紧扣在一起。

滕知许看着她的小动作，像是自言自语地说："所以呢？你喜欢我？"

"好像是吧。"

耳朵里像是飞进了一只苍蝇，在耳膜边嗡嗡响着，他笑了笑："桑几枝,我当真了。"

　　手心更贴近,桑几枝抬眼看着他:"我也很认真的啊。"说完冲他傻傻地笑着,本来夹在耳后的头发翘起一缕,俏皮又诱人。

　　滕知许转头"呵"了一声,把后肩上的卫帽拉了上来,宽大的帽子遮挡住他整张脸:"小妖精,我想亲你。"

　　桑几枝愣了愣,往后退了退:"为什么?"

　　滕知许慢慢向她靠近,一只手撑在她背后的车门上:"看来你还没有作为我女朋友的自觉,如果你害羞,我愿意主动。"

　　灰暗的空间里,是亲密接触在一起的两个人。

　　桑几枝眯着眼睛看着眼前的人,明明什么都看不清,可是她能清楚地感觉到他的表情。双手往上拉开卫帽,把他的整张脸暴露出来,她想记住这一张脸,每一寸肌肤,每一个表情,在睡梦中也能想起,永远不会忘记。

　　带着喘息的声音吹在耳边,连心里都是痒痒的,他说:"桑几枝,我喜欢你,很喜欢很喜欢。"

　　我的人生是破碎的,你的人生也有残缺。我喜欢你,喜欢你,喜欢到想要跟你共用一个人生。

　　生,分不开我们;死,我也要跟你在一起。

　　桑几枝回应着他,双手圈在他的脖颈上。

　　她细细的声音像罂粟一样引诱着他的神经:"我也是。"

【第十一章】
DISHIYIZHANG

成年人世界的交往法则里,进和退,只是因为爱和不爱。

那天晚上回家之后,滕知许不像以前一样在临睡前给她发晚安消息。

她打开短信界面,数了数,从第一条到前一个晚上,总共一百四十六条,没落一天。

桑几枝坐直身子,点开某个社交APP,单调的恶灰白色头像,用户名是他名字的缩写没错。

纠结了好久,想到分开前两人已经确定的关系,觉得没什么好别扭的,她先发了条消息过去:"到家了吗?"

没有回。

怦怦直跳的心里开始有些焦躁,她拿起手机又放下,为了转移注意力,点开社交圈看见桑春来半个小时前更新的动态,一只跳舞的小猴子,看来情况还不算太差。

过了十分钟,滕知许还是没有回。

她有些气馁地扎起头发,洗了个澡,还特意敷了个面膜,仪式感十足,从头到尾地告别单身。

再拿起手机时,滕知许回复了。

——想我了?

——刚洗完澡,你呢?

她盯着手机屏幕出神,组织着词汇语言,删删减减,过了十分钟还是不知道该怎么回复。

她懊恼地瘫坐在床上,又不是十七八岁的小女生了,过了今晚她就二十四了,什么青涩、别扭已经不适用于这个年纪了。成年人世界的交往法则里,进和退,只是因为爱和不爱。

隔着屏幕的那一头,滕知许拨了电话过来,他的声音温润:"睡不着?"

桑几枝抬头看着墙上的指针,快要指向十二点了。

"没有啊,就是想听你说说话。"

滕知许轻轻"嗤"了一声:"舍不得我?刚刚谁把我推回家的?"

桑几枝的手胡乱地在床单上挠抓着:"胡说,明明是你太流氓。"

对面的声音有些模糊,然后桑几枝听见浑浑的一句:"你未来嫂子。"

她在电话这头羞红了脸,怔怔地看着窗台上的绿植,因为太久没有浇水的原因有些枯萎,在月光的照映下却展示出另一种新生的感觉。

"嗯?怎么不说话?"

单音的字眼经过电流传来,带着某种诱惑力让她莫名眩晕:"你乱说什么啊。"

滕知许倒是不紧不慢:"不承认了?"

他的每一个问句都铿锵有力,蛊惑人心。

她嘟囔一声:"觉得很奇怪。"

早上在家的时候,桑妈把家里的相册翻出来,那是这些年里桑几枝在这个家里一点一点的印迹。

桑几枝坐起身,托着腮在一旁,微微泛黄的相纸里她摆着奇形怪状的姿势,每一张都笑得特别灿烂。

桑妈拉着桑几枝的手:"当初我见着你的时候,你才这么点点儿高,"她比画着,"一下子就变成大姑娘了。"

桑几枝把相册扯了过来,手摸着的那张相片,是桑春来六岁生日时候拍的,她站在桌子边偷吃蛋糕上的奶油。

"对啊,我还记得那天春来生着病,你抱着他拉着我,我抬头看你的时候你冲我笑。"她偏头想了一下,"妈妈,为什么我记得这么清楚啊,我一点都不想记着。"

桑妈的手卷着围裙上艳色的花，她觉得自己嘴笨，可是不知道怎么安慰面前这个小女孩："昨天下午她给我打了个电话，应该是想着你生日到了，我跟她聊了聊，"手攥不安地得更紧，"我觉得应该让你知道。"

桑几枝看着她，垂下眼睛点点头："你说吧。"

"那个孩子准备升高中，国外那些我也不是太懂，听说还蛮麻烦的，她找了好多关系事情也没定下来。"

桑几枝把凌乱的床单理了理，视线盯在床尾，闷闷应了一声表示自己在听。

桑妈向她坐近了些："她说不回来了……你不要怪她。"

快要入冬了，窗外吹进来的风味道冰凉，让人瞬间清醒。

桑几枝把被子往身上搭了搭，鼻子敏感地抽了一声，声音闷闷的："我今天得知了一个对我来说不怎么好的消息，可是又得到了一样很珍贵的东西。"

她不管对面的人是不是还在听，继续说："你说，人生到底是什么样子的，一巴掌换来一颗糖，反反复复，来来回回，也不问人感受，推着往前走。"

她翻身把床头的台灯调暗了些，**窸窸窣窣**的声音经过电流婉转蔓延而来："别人不知道。不过，你的人生应该都是我的样子。"

桑几枝把台灯关掉："滕先生，这句话怎么听怎么羞耻。"

"是吗，那以后得多说给你听听。"

心底里甜甜的，像浸在糖水罐子里，每一丝都酥人骨头。

翻个身，正好能看见窗外摆动的树枝。干枯的枝条隐在夜色里，靠着天头的月光能看见些些深棕色。

她出生在秋末初冬的日子里，夜晚一声啼哭宣告她的来临。可是这时间不太好，有一种万物结束生长的感觉。

"生日快乐。"

"滕先生，还差一分钟今天就要快去了，会不会有些晚啊？"

"不晚，从今天开始你就是我的了，我可以每天都说给你听。"

"每天都祝我生日快乐吗？"

"是我。因为你，我才真的活过来了。"

隔壁的房间里，桑春来挂断电话仰躺在床上，像是不甘心，拿出手机发出一条消息。

——我知道你害怕什么，可是你都没有尝试过就拒绝我，对我好像有些不公平。

发送的提示音响起，他才反应过来自己做了什么。

他在逼她。

送莫羡回家的路上，他犹豫着想要拉她，等好不容易鼓起勇气，莫羡却转身躲过。

他心里抑郁，跟在她后面，数着步子往前。

莫羡住在一栋老式的居民楼里，红色白相间的楼栋只有五层，楼下是几家商铺。看见她回来，坐在店门口的老板亲切地跟她打着招呼。

他停下步子看她，觉得这座城市真小，还没有陪她走够就到了她家门口。

莫羡回过头，短发下的脸还有些婴儿肥，没有化妆品修饰的脸上看起来白净。她站在原地，两人隔着几步的距离，她问："你要喝东西吗，拐弯的地方有家奶茶店，还不错。"

两人拐过弯，大马路边上商铺更多，来往的人大多结伴，穿过他们往反方向去。

等在店门口，莫羡歪头看着台阶下的桑春来，黑色的外套里穿着灰白色的T恤，瘦瘦高高的样子也好看，是读书时候最受女生欢迎的那种类型。

没有说话，很平淡的一段时间，除了莫羡递奶茶给他时，手指不经意地触碰到他的掌心，软糯的感觉从脚底长出来，让他心情莫名地大好。

回家后他给她打了通电话，也没说什么，只是告诉她自己到家了，一副报备的样子。

然后又是很长一段时间没有说话。

这种感觉真难受。

他很想跟她多说说话，可是过去二十一年没有经验的感情生活让他不知道怎么开始话题既不唐突也不让人尴尬。

莫羡的消息回得很慢,在他快要睡着的时候。
她说着毫不相关的话,可是桑春来的心"咚咚"跳着。
——小时候看《七龙珠》的时候我一直不明白,为什么18号会跟淫魔小光头在一起。他一点儿都不好看,也不强,每次都躲在悟空的身后。我知道这很奇怪,明明我说不出来他哪里好,可我就是喜欢他,所以我想,那个冰冷的、原本没有感情的人造人18号是不是也是这样觉得的。
——桑春来,你说我的毫无回应对你来说很不公平,我不觉得。你说你喜欢我,你就不要觉得不公平,因为如果我答应了你,不管以后怎么样,你陪着我或者你走了,我都觉得跟公平无关。
——你要谅解我,这些年我爱自己爱习惯了,我的有所保留是因为我的懦弱,所以可能不会对你付出太多。
——其实,我一直很羡慕那个冷冰冰的机器人被人喜欢着。所以,你说试一试,那就试一试吧。

营南市公安局里。
李爽打着呵欠把资料整理进电脑里,随川坐在一旁核对数据。
老旧的桌椅发出沉闷的声响,时不时刺激着坐在角落里打瞌睡的滕知许的耳膜。

摆放着几张桌椅的空间里有着不同以往的氛围，恋爱的腐朽味道充斥着整个房间。

李爽趁着喝水的空当往门口的那张桌子上瞟了一眼，有些受不了地说："狗粮真 TM 难吃。"

随川循着声音看过去，桑春来坐在莫羡桌子的一边，手里做着记录的笔歪到桌子上，眼睛一直看着低头翻资料的莫羡，一汪春水溢得就要把房间淹没。

"没想到这小子手脚还挺快的，咱们组就一个女生，还被他捷足先登了。"李爽冷哼一声，敲着键盘的手上力气很大。

随川拿过鼠标把数据栏整合，抄下数字，好笑地说："春心荡漾了？不是说上个月的相亲对象还不错吗？黄了？"

李爽摇摇头："别提了，哪个女生会放心跟咱这个职业的人过日子啊？白天见不着晚上抱不着的，不是守活寡嘛。"

侦查组是营南市公安局负责收集、分析、检验并鉴定与各类犯罪活动相关的物证材料的部门，与各部门需要密切的配合和紧密的交流沟通，也就是说不论案件属于什么类型，侦查组是永远支撑在后方的重要力量。

忙起来，真的是连吃饭的时间都要靠挤的。

随川点点头，手搭在李爽的肩上："那还是吃些狗粮吧。"

李爽心里烦躁，手指不利索地在数字键上敲打，连着敲错好几个数据。

随川看不过，变着法地安慰他："别愁，这房间里还有两个孤寡来人陪着你。"

说着眼神往滕知许的方向看过去。

感觉到被人行着注目礼，滕知许抬起头来，睡得头发凌乱，一张禁欲系的脸上笑得让人不明所以。

"不好意思，我跟你们不一样。"

随川好笑地看着他："什么不一样？性取向不一样？"

李爽莫名其妙地看着跟滕知许斗嘴的随川，心里生出一个大胆的想法。

他从第一天进局里就随着随川，共事时间久了，自然摸得清随川性格。作为侦查组的老大，做事一丝不苟，为人成熟稳重，肌肉型，皮相也不错。可是这么多年了，也没见身边有过什么女人。以前他还觉得可能是心向事业吧，可是自从滕知许来了，随川变得时时爱调侃，话也多了，总之就是哪里有些不一样了。

滕知许站起身来，经过李爽时眯着眼："收起你脑袋里奇奇怪怪的想法，我很直的。"

被察觉到想法，李爽坐直了身子看着电脑。

随川后知后觉地听明白滕知许话里的意思，卷起资料簿往李爽背上敲去："乱猜什么！"

李爽干笑了两声，瞥见墙上的时间："走走走，吃饭吃饭，快饿死了。"然后叫住门口的滕知许，"你不吃饭啊？"

滕知许回过头:"出去一趟。"

桑春来抬头问他:"辅深来了吗?"

滕知许说:"你姐来了。"

桑春来"唔"了一声,片刻抬起头:"他说什么?"

李爽关掉电脑,经过桑春来时一掌拍在他后脑勺上:"从刚刚我们讨论的话题里提出结论就是——你姐被他拐跑了。"

桑春来大吃一惊:"那辅深哥怎么办?"

李爽摇摇头:"你姐还是你姐,可是你姐夫变成了你哥的哥。"

绕来绕去把桑春来给绕晕了,坐在椅子上半天没消化。

莫羡轻轻碰他:"去吃饭吗?"

他拉着她的手:"走,带你吃去好吃的。"

留下随川和李爽在原地各自暗骂一声。

中午食堂人挤人,随川和李爽打了饭原路返回办公室。

局里小道两边种着五角枫,火红的树叶悠悠掉落下来,落在两人的肩头上,随川扭头吹掉。一路上碰见不少同事,打着招呼走进办公室,一看时间已经十二点半了。

李爽拉了张凳子坐在随川旁边,一上午忙着整理资料,现在是真的饿了,狼吞虎咽了几口,抬头问随川:"川哥,说真的,这么些年我还真没见过你跟哪个女孩子在一起过,你不会……"

没说出口的话被随川一个眼神给逼了回去,他瞬间蔫了气,筷子扒拉着碗里的豆芽菜。

两人相处久了,对对方也算是知根知底了,随川知道不把话说明白,李爽是不会罢休的。

把一边的饭吃完,随川转动着打包盒把另一半满满的饭菜转到跟前:"你哥以后是娶老婆的人。"

"那你怎么那么关注滕知许啊?之前我就想问,你总是翻着他的档案,一看就是小半天。"

随川放下筷子,想了半天问李爽:"你知道他大学念的什么专业吗?"

李爽摇摇头。

随川说:"图书馆学。"

李爽在脑海里搜寻了半天,确定自己从来没有听说过这个专业的时候,问:"那是干吗的?"

随川盖上打包盒的盖子:"做什么的不重要,重要的是因为专业冷门,而且滕知许以市第一的成绩进去以后,学费全免。"

李爽点点头:"学霸啊。"

"他用两年的时间修完了四年的学分毕业,在这中间,他第一次跟凶手谈判斡旋,帮助局里破了当年那场骇人听闻的残忍杀人案。"

李爽抓紧把饭吃完:"这个我知道,档案里有。"

"当年带我的师父说,局里早就向他抛出了橄榄枝,可是他一毕业就回了乡下老家,一住就是五年,三年前回了隔壁市,没人知道他去做了什么。"

李爽打断他:"川哥,这些档案里都有。"

随川回神:"他身上有太多让人看不清的地方,我总觉得,在我们眼里像太阳一样发光发热的他,背后是另一副探究不得的样子。"

李爽迷糊地问:"什么另一副啊?"

随川盯着他看了半天:"你觉得滕辅深是什么样的人?"

李爽擦掉嘴边的油渍:"谈吐不凡,一看就是从小被家里爱护着长大的。"

"那他跟滕知许在一起的时候呢?"

李爽愣了愣,终于明白了随川的意思。

滕知许第一次来局里报到时,滕辅深对他过分的照顾,忙前忙后,体恤周到。一个从小被家里保护着长大的人,现在对另一个人担负起照顾的职责,那个人是他的哥哥。而且,那个人跟他就像是颠倒反转的人生。

办公室的门被推开,电脑前的滕辅深探出头看了一眼,是带他课题的教授。

头发花白的教授乐呵呵地走近他,看了一眼电脑里完成过半的课业:"还没吃饭吧?先去吃饭,还有一个多月的时间才交题,你也不用太着急。"

滕辅深看了看手机上的时间,跟教授寒暄了两句后就起身往食堂去。

下楼梯的时候给滕知许打了通电话。

那边有些吵，能听见车子经过的鸣笛声。

"吃饭了吗？"

"正在吃。"

旁边有一道女声远远传来。

滕辅深站在拐大楼外看着奔跑在篮球场上的挥洒汗水的男生。

他想，很久没有跟滕知许痛痛快快打一场篮球了。

【第十二章】
DISHIERZHANG

桑几枝,我很糟糕的。没有人陪的时候,
我真的很糟糕。

冬天来得特别快,尽管寒流来袭的征兆明显,可是当第一场大雪覆盖城市时,瑟瑟缩缩躲在棉被里的人因为怕冷而关紧窗户后才倒头继续昏睡。

再醒来的时候,已经是下午四点了。

桑几枝把暖气调到最大,挣扎了好久才从床上爬起来。

咬着牙刷站在窗户边,雪已经停了,积了些厚度,车辆有些难行。

电话就是这时候响起来的,她看了一眼,急急跑回卫生间收拾,抢在电话铃断的前一秒接通。

"醒了?"

前一天晚上临时蹲新闻,早上六点才回家,睡前她给滕知许发短信让他在下午四点半的时间叫醒她。

刚刷完牙，应了一声后她闻见清新的薄荷香味。

那边停顿了一下，在跟旁边的人交代着什么，然后说："我过来接你，带你去吃好吃的。"

桑几枝住得高，又是老房子，旁边楼房的阳台多是种着蔬菜养着绿植，还有一家圈养了几只鸽子，冬天关在笼子里，发出清脆的几声。

她在鸽子欢叫的背景声中说："天气不太好，我过去找你吧？"

对面的环境嘈杂了起来，然后是车子启动的声音："不用，你慢慢收拾，应该会堵车，需要一些时间。"

他的声音带有魔力，把她所有的想法都摒弃掉。

那好吧。

晚上七点，下班高峰的热潮不退，因为天气的原因，路上的车辆滞留到现在也疏通不散。

十字路口的交警指挥着车辆行进，点点白雪落在帽檐上，带着肃色的冷感。

滕知许摇下车窗四处看了看，转头问桑几枝："饿了吗？"

很饿。

从昨天吃过晚饭就一直没有进食，虽然她不是那种拼死拼活的工作狂，可是这个职业的特殊性和不确定性也导致一日三餐很难按时。

她在昏暗的车里点点头，齐肩的头发扎在脑后，露出光洁的额头。

滕知许伸出手捏住她的脸，滑嫩嫩的。

他转动方向盘把车开进不远的小区停车场，解开安全带。

"走吧。"

几分钟的时间，刚刚还飘洒的小雪也已经停了，车辆疏散工作也渐渐明朗。

桑几枝跟在男人身后，脚步很慢。

她看着他，被衣服撑起的后背看起来很宽阔，双手插在衣兜里，恰好停下脚步看她。

她往前加紧走了两步，跟他并肩的位置。

滕知许从衣兜里掏出一只手，在嘴边呵了呵气，挤进她的衣服口袋里。

狭小的衣衫口袋一下变得拥挤，他的手握住她，不甘心，又挤进她的手心，十指相扣，温暖得像春日的阳光。

"小女孩，慢吞吞的，是在等我牵你的手吗？"

桑几枝一路低头跟着滕知许走进一家小饭馆。旁边是一所中学，这个点儿学校已经开始晚自习，店里除了老板还有一桌快吃完的年轻男女。

两人对坐着，滕知许托腮看着她，脸还是红的。

果然，一逗就招架不住。

他伸出手拿过桑几枝面前的碗筷，撕开外面的透明包装纸，细心烫过之后放回她面前。

桑几枝接过时，他故意在她掌心里挠了一下。

痒痒的，害得她心跳又加速。

有句老话说，十一月吃蟹正当时，肉质细嫩，膏脂厚腻，鲜美难比。滕知许剥开蟹壳，流汁的蟹黄溢出来，只是闻起来就让人咽口水。

桑几枝动了动身子，看着滕知许手上的动作，不是太熟稔，但是说不出的迷人。

他的十指细长白净，是古代文人捏笔作画的标配。而这双手现在正剥着螃蟹壳，力量是足够的，不费吹灰之力，只是左看右看才找着下手的地方。

旁边那桌的男女结账经过的时候，女生轻轻撞了撞同行的男生："你看，别人都知道心疼女朋友，哪像你，吃个饭还要我来伺候你。"

桑几枝头埋得更低，余光瞥着只剩下空盘的旁边桌。确实，螃蟹壳都堆在了女生坐的位置上。

鲜明的对比之下，她终于肯抬头正视滕知许了。

细碎的刘海下双眸黑亮，得空回应她的目光："怎么了？"

桑几枝摇摇头："没事。"

看来他没有听见女生刚刚说的话。

细嫩的肉质蘸上酱汁，滕知许抬手喂到她的嘴边。

一口咬下去，好吃得说不出话来。

双脚在地上跺着，用另一种方式告诉滕知许——我还想吃。

可是滕知许只是看着她，并没有动作。

她往前探了探脑袋，歪头看着他："还想吃。"

滕知许眯了眯眼，笑着伸出手："手剥疼了。"

指腹是红的，还有用力后的印迹。

她扯过来放在嘴边吹了吹。

轻轻的风包裹着指腹，心里的异样更深。

桑几枝心疼地吹了好几下，问他："还疼吗？都肿了。"

她的心疼来得不是没有道理的。

第一次见着他的那天，滕辅深替他关上透风的窗户；第二次见着他的时候，滕辅深在冲刷泥土的雨天里跑来学校接他；第三次、第四次……每一次，他都是被人细心照顾着的那一个。而现在，他在照顾自己，那种感觉，就像是有个人因为你一夜长大，为你鞍前马后。可是你，其实并不舍得他挡在你身前。

"不疼了。"滕知许抽回手，又拿过一个大闸蟹准备剥。

桑几枝一手抢了回来，她的手法娴熟很多，两三下就剥好了一个，放在他的碗里。

滕知许没有动，桑几枝把碗又向他推了推，还是没动。

"不喜欢吃啊？"她好奇地问。刚才剥蟹壳的时候还挺愉快的啊。

滕知许看了一眼乳白色的蟹肉："喂我。"

正巧老板这时候上菜，听见滕知许这话嘿嘿一笑放下盘子转身就走，害怕耽误人家小情侣你侬我侬的时间。

桑几枝恼得伸脚在桌子下踢他，他像是有准备一样，一把握住她的小腿，然后放在自己的大腿上。

重心偏离，桑几枝的手撑在桌子上："放开。"

"喂我。"

"你先放开我。"桑几枝小腿蹬了一下，不偏不倚，蹬在某个敏感的位置上。

滕知许"嘶"了一下，异样更加膨胀，低头压制着。

桑几枝并没有意识到，只是单纯地以为自己力量重了，急切地问他："疼啊？"

滕知许哑着嗓子："回车上再收拾你。"

敌不过他，桑几枝从碗里捻起一块蟹肉，蘸了酱汁的肉丝更加刺激味蕾，她伸过手，滕知许一口含住。

手指上温温的，滕知许没有松口，含着她的手指吮吸着。

更加慌了。

"你干吗呀？"因为恼怒的声音带着细细的哭腔。

滕知许这才松开嘴，故意"吧唧"了一声，不以为然地说："吃东西啊。"

他的手在她的小腿上摩挲着，她想抽抽不回来："浑蛋，好好吃不行啊。"

　　滕知许笑得万种风情："不行。"顿了顿，"更想吃你，可是吃不着。"

　　桑几枝愣了一秒，终于反应过来之后却不敢动弹了。脸掩在双手的后面，努力重新调整呼吸的节奏。

　　滕知许被她的样子逗得发笑，小心放下她的脚，正经地吃起东西来，中间还不忘点评老板的手艺。

　　"害羞了？"见她保持原动作不变，滕知许继续调侃她。

　　她摇摇头，不说话。

　　放下筷子，他平声说："迟早是要当我老婆的人。"

　　又来了……

　　嗯？

　　"你说什么？"桑几枝探出头不确定地问他。

　　滕知许坐直身子，把衣袖往上挽了挽，拉过她的手："我没有打算停止对你的喜欢，也不会有终止的那一天。"

　　说到这里，他低头想了想，又遗憾地说："如果真的有，应该是我死掉以后。"

　　"滕知许……"

　　男人眼里的星光闪烁着，她迎上目光，能看见可以将她身体吞没的浩瀚宇宙。

车子停在小区里,灯闪时时照亮楼道外的绿植丛。

滕知许探出头上下扫了一下,很老旧的小区,剥落的墙皮立在半空中,声控灯只有微弱的光亮,小区没有门卫人员看管,安全系数不是很高。

桑几枝解开安全带的瞬间,他拉住她的手腕:"我送你上去。"

"不用,就几层楼。"

滕知许没听进去,同一时间拉开车门。

楼梯窄,并行有些困难,两人一前一后地往上走。

扶杆生了锈迹,他伸出一只手牵着前面的人,掌心贴合,在初冬的夜里让身体变得暖和。

停在家门口,桑几枝倚在门上看滕知许,他一脸轻松地四处打望着,心里更加确定了某件事情。

从外面看来,楼栋成圆弧形,不高,七层而已。从楼梯口分左右两边,往里走是长长的半圆弧形。

桑几枝住在右边中间的位置,尽头是电表箱,旁边是另外的楼梯。每家每户门上都贴着小广告,独桑几枝家这一扇门上最壮观,除了钥匙孔,已经看不见这扇门原来的模样。

桑几枝轻轻咳了一声,示意我已经安全到家门口了。

滕知许努了努嘴,意思让她开门。

六十平方米的小居室,分两层,进门是卫生间,往里看是一层楼梯，半开放式的厨房和客厅连接在一起，窗户连通上下两层。

上一次来的时候没有细看，现在才发现屋子里的陈设看起来更加老旧，幸得她生活要求不太低，收拾收拾，也有温馨的感觉。

桑几枝从冰箱里拿出一瓶矿泉水，倒进热水壶里，没几秒就发出"呜呜"的沸腾声。

她打开水龙头把杯子洗了洗，问他："你对女生的房间很好奇？"

滕知许手指点在墙上的书架里，大多都是国外的文学书，他看过几本，抽出其中一本："只对你的好奇。"

氤氲的热气攀上杯壁，拢进房间里，添加了生活气息。

桑几枝坐在沙发上，拍拍旁边的位置，随手拿过抱枕抱在胸前："你在想什么？"

她有个好习惯，阅读的时候喜欢摘抄批注，一页纸上满满都是她的笔迹，工整娟秀。指腹抚在纸张上，仿佛能感触到她下笔时候的心情。

旁边的位置陷了进去，滕知许一把拉过她，她整个人跌进他的怀里，耳边是隔着厚厚的衣服依然能听见的心跳声。

"在想怎么开口让你搬去我那里。"

抬手将弄皱的外套抚平，桑几枝动了动身子："去你那里干吗，我在这里住得好好的。"

"不安全。"手捏着她的耳垂，听说耳垂厚实的人福气也多。他丈量了一下怀里的人的厚度，有些薄。

被滕知许摁回怀抱里,她瞪大着眼睛:"很安全啊。虽然不是什么高档小区,不过好在地方环境不错,一应俱全,邻居们也都挺好的,相互帮衬着。"

滕知许低头看着她,不满意地说:"没我的地方都不安全。"

桑几枝推了他一把:"那你把我带在身上好了,走哪儿装哪儿。"

滕知许上下看了她一眼,笑:"好啊,明天去买个行李箱,二十八寸的。"说完在她脸上嘬了一口,搂得更紧。

也许是这个吻给得太香甜,她也不争辩:"不用不用,十六寸的就可以了,我可以把自己缩得很小的。"

滕知许摇摇头:"把你挤坏了我心疼。"

桑几枝嘴上笑开了花,手撑在沙发上借力往男人脸上亲了一口。

突然的触碰让滕知许愣了神,手摸着她的头发,一直往下,把扎着头发的皮筋摘了下来,柔顺的细丝披散在他的大腿上,他孩子气地揉乱。

"小深这几天准备出发去临省做调研,家里没人。"

"嗯……"声音故意拉长,表示让他接着往下说。

滕知许抬高她的头往里靠了靠:"桑几枝,我很糟糕的。没有人陪的时候,我真的很糟糕。"

他的声音低沉又喑哑,让桑几枝没由来地心里发酸。

像被大人呵斥的小孩,委屈地掉下眼泪,然后一个人躲起来,等着被人发现、安慰,才会笑一笑。

滕知许现在就是这样的。

她抬手抱住滕知许的一只胳膊,觉得不够安慰,脑袋又往上蹭了蹭:"没关系啊,有我在,你一点儿都不糟糕。"

滕知许放低了声音:"以前我也是有爷爷疼的,后来爷爷睡着了,就变成小深疼我了。很糟糕对不对?明明我才是哥哥,可是什么都要弟弟来替我料理,包括生活和工作。小时候我一点也不喜欢他,可是如果没有他,我不知道还有谁会疼我了。"

【第十三章】
DISHISANZHANG

没有人疼爱,是他降临人世以来的原罪。

后来桑几枝坐在一家咖啡馆里,对面的女人身材微微有些臃肿,因为要料理家庭忙前忙后,已经顾不得梳妆打扮享受生活了。

她搅动着杯子里的果汁,力量旋起的旋涡将果肉翻转跌落杯底,她叫对面的女人"姑姑"。

是滕知许的姑姑。

姑姑笑起来的时候脸颊上的肉鼓鼓的,她说:"小许儿是爷爷带大的,在四岁以前,一直跟爷爷生活在乡下。"

那一年,姑姑二十一岁,放假回家的她听说可能无法生育的哥哥嫂嫂不知道通过什么途径买了个孩子,是个男孩,还不足月。

这个男孩,对于已经结婚八年的哥哥来说,是为了延续滕家香火的未雨绸缪之举。因为是事业的上升期,他们把孩子丢给乡下的老父亲，除了每个月的生活费，一年中也只有过年的时候才会把孩子接回家。姑姑见过这个孩子，生得很好看。

孩子刚学会走路的时候虎头虎脑的，跟在扛着锄头的爷爷身后下到田里。年纪还小，什么也不懂，就在泥地里玩。步子不稳摔在田里吃了一嘴的泥，爷爷一把将他抱起来，擦掉他脸上的细土，泥娃娃又变得白净。年迈的身子其实抱着个孩子很费力，爷爷用长着胡须的下巴蹭着孩子的脸，问奶娃娃喜不喜欢爷爷。小孩子哪里懂那么深层的问题，但是点点头，奶声奶气地说喜欢。爷爷架着他的胳膊把他举过头顶，荡呀荡，孩子就这样跟着爷爷生活了四年。

吃的是爷爷种的米，睡的是爷爷搭的床，感情就是在这样日复一日里堆积起来的。

每次过年的时候，爷爷牵着奶娃娃走好远的路去滕家。碰见雨天的时候，也顾不得自己的身子，把奶娃娃背在身后，路滑，他颤颤巍巍地走稳每一步，可总有一个不小心的时候，摔了跤，孩子滚进了被雨水浸软的地里。奶娃娃在哭，他也顾不上自己的老骨头和满身泥泞了，一手夹着孩子继续往前走。

到滕家的时候，他听见儿媳的冷嘲热讽，还有儿子和早来的亲戚朋友变了又变的表情，转身进卫生间收拾的时候，儿子跟在他身后抱怨着说下这么大的雨，不来也没关系。他回头瞪着儿子，说我是你爹，指着奶娃娃说这是你儿子，这大过年的不来像什么样子。

儿子搓搓手,说秀琴怀孕了,你马上就有亲孙子了。爷爷停住脱衣服的手,愣了愣,然后拍着奶娃娃的脸说:"我们小许儿就要有弟弟妹妹了,所以就算以后我不能陪你了,也还有人陪着你的。"

家里的叔叔阿姨都知道这孩子是怎么来的,尽管亲近不起来,但是长得好看,谁都愿意逗逗他。

可是孩子黏爷爷,爷爷走哪儿他就跟哪儿。看儿媳脸上不高兴,爷爷把孩子推搡到儿媳面前,跟他说:"这是妈妈,快叫妈妈。"

出乎意料的是,平常满山疯跑、野性子的孩子闷声不吭,坐在厨房外面的小凳子上,不说话也不搭理谁。叔叔阿姨都说,这孩子看着机灵,却是个傻子。席间的小孩拉他出去玩,他跟着跑,跑不过就慢慢走在后面,大一点儿的孩子过来扯他耳朵抓他头发,他拍掉他们的手,然后好几个孩子把他围在一起,笑他是个笨蛋、野孩子,没人要。

回乡下的路上,他揪着爷爷的衣服问:"他们说我是野孩子,我是不是啊?"

爷爷笑呵呵地拍他光滑的脑袋:"小许儿才不是什么野孩子,你是爷爷的宝贝。"

他点点头,睡在爷爷的怀里。

小小的孩子不知道,那天晚上爷爷走了好几里地,去隔了几代关系的亲戚家给儿子打电话。

没等到弟弟出生，爷爷就去世了。

把他扔在乡下的爸爸妈妈回来料理后事。挺着肚子的妈妈比过年时胖了不少，乐呵呵地跟亲戚朋友打着招呼，说肚子里的小东西总是半夜里闹腾，她气得没办法，但还是软着性子轻轻拍着肚皮跟里面的小宝宝说："你不要调皮啊，妈妈很累啊，你乖乖睡觉好不好啊？"说完之后，肚子里的小宝宝果然不闹了。

孩子坐在里屋的床沿上，透过细缝呆呆地看着妈妈脸上的笑容，他从来没有见过的笑容，从来没有对他露过的笑容。

枕头下藏着爷爷给他买的玩具，他很爱惜，从不拿出去玩，怕弄脏弄坏，每天睡觉的时候搂在怀里。

守灵的那天晚上，孩子睡不着，爬下床跑到棺材边，借着凳子整个人爬上了棺顶。

大人们都在外面的院子里，没有人注意到他。他的脸贴着棺木，手轻轻拍在木头上，喊着："爷爷，爷爷起来了。"

躺在大木头里的爷爷闭着眼睛，唇色惨白，双手交叉放在胸口，睡得安详。

没有人应他，他越拍越厉害，声音越来越大，惊动了外面的大人。

先注意到他的是爷爷的小女儿，端着茶托的女生被吓了一跳，手捂着嘴巴，不敢发出声音。

喊声越来越大:"爷爷起来了,该吃饭了。今天家里来了好多人,他们都在说话,没有人管我,我肚子好饿,爷爷……爷爷起来了。"

女生看着孩子的手拍在棺木上,每一下都像是在提醒她躺在里面的那个人,再也不会醒过来了。

捂住嘴的掌心渐渐湿润,她细细的抽泣声吸引了孩子的注意。那个小小的人儿跌跌撞撞地爬下棺木,跑到她面前拉扯着衣角:"爷爷是不是生我的气了?我怎么叫他都不答应我,是不是气我不跟你们说话啊?"

他回头看了一眼,丝毫没有意识到棺木里的身体已经冰冷。

"我跟你们说话好不好,我会叫爸爸妈妈,我会乖乖听话,我再也不跟小秋儿跑山上玩了,我再也不惹爷爷生气了。你叫他起来,你让他起来啊!"

说到最后,孩子一跺脚跪坐在地上,撒泼似的伸出脚在地上四处蹬着。

院子里的人听见声音进来,看见的就是那个买来的孩子整个身子趴在棺木上,歇斯底里地叫喊着:"你不要睡了!起来啊!我听见你肚子饿得在叫了,你起来好不好,你起来!"

大门边上全站着人,指着那孩子说:"养久了是有感情的,不过他家儿媳怀了个孩子是吧?以后指不定会不会扔掉。"

"那可不是,本来就不是亲生的,现在他爷爷不在了,没人护着他,说不准的事儿。"

七嘴八舌的猜测被夜风灌进耳朵里，孩子哭得累了，手却停不下动作一直拍打着棺木，嘴里依然喃喃："爷爷，爷爷，起来了。小许儿饿了，想吃锅巴饭，你起来做好不好？我们一起吃。凳子我已经摆好了，就放在院子里，等吃完饭我们可以看星星，你起来啊，我害怕。"

……

孩子最后还是被接回了滕家，简陋的小屋子里，抓着爷爷买给他的玩具，每天喃喃自语，不跟人说话。

孕期里的女人脾气暴躁，在数不清多少次孩子无视她的叫声之后，终于爆发。

挺着几个月孕肚的女人把孩子扔出门外，轻轻一提就起来，毫不费力。她嘴里恶狠狠的："你真当你是这个家的祖宗啊，谁都得让着你，谁都得忍着你，你不过是当初被我买回来的，我想要就要，想不要，你就得滚！"

孩子呆呆地看着她，也不哭，就是用那种莫名其妙的眼神看着她。他根本不知道这个人跟自己有什么关系，模糊的记忆里他只见过她几次，每次都臭着脸。爷爷总把他拉到她面前，说这是妈妈。

哦，对，是妈妈。

他抬高头看着周身散发怒气的女人，在她转身的瞬间扯住她的衣服："妈妈，爷爷呢？他还没吃饭就睡了，会饿的。"

女人拍掉他的手:"死了!"然后关上门。

孩子坐在门外,坐累了就躺在地上睡着了。

是晚上下班回来的爸爸把他抱回家的。

等他醒来的时候,门外有说话的声音。

"什么时候送走,我的预产期就要到了,没人管他。"

"再等等,等大一点再说。我答应了爸,不能他老人家一走我就把孩子送人,到时候别人怎么说?"

"哼,当初是因为没有孩子才把他买来的,现在我有了自己的孩子,还管他做什么?随便送去哪里给点儿钱就好了,你还真打算养着他啊?"

虚掩着的门透进微微的光亮,小小的个子蹲跪在门边,看见男人在屋里走来走去。呛人的烟味在房间里弥散开来,他捂住鼻子,不发出声音。

两个月之后,孩子跟着大人站在医院的育婴室外,姑姑指着挨着床的婴儿说:"你看,这是你的弟弟。"

病房里,妈妈睡着了,婴儿睡在一边。他缩下身子颤颤巍巍地走到病床边,婴儿冲着他笑。

小小糯糯的一团,像中秋夜里爷爷捏的小汤圆,白白嫩嫩的,看着喜欢极了。

他伸出手,婴儿傻傻地学着他的动作,肉呼呼的小手包裹住他的手指。

"咯咯"的笑声在病房里荡漾开来。

那一刹那,他想起爷爷。

"小宝宝,宝宝,爷爷,你看,是个男孩子。"

"我是哥哥,他是弟弟。"

"我是哥哥,我会保护他。"

"爷爷,你什么时候起来看看他,他好小,手攥着我的手指,怎么也不撒手。"

喃喃的声音吵到因为疼痛醒来的妈妈,怒睁着眼睛,然后一巴掌甩在了他的脸上:"你在干什么?"

暴怒的声音之下,虚弱的女人把婴儿往自己身边抱了抱。

那是一个母亲出自本能的保护之举,如同母狮护崽一般,让自己的孩子不受侵害。可是在一个只有五岁的孩子眼里,是撞击到心底最深处的伤害,他第一次明白,他在这个没有爷爷的家里,所处在一个什么样的位置。

没有人疼爱,是他降临人世以来的原罪。

……

出于本能,桑几枝把他揽得更紧一些,在她还不知道他过去那些年里所有的委屈时,她就想要抱抱他。告诉他,没关系,你有我,你不是说，我们此后就共用一个人生吗？不管它有多少裂缝，我们都能恰好弥补上彼此之间，最最契合的那一部分。

她想，世上有光，是因为人之向往。

她不要淋浴在阳光之下，因为现在她身边的这个人，就是她的光。

相遇、离别，都是刚刚好的。

一切，都是刚刚好的。

第二个周末，桑几枝搬去了滕知许的家。

她站在门边打量，古老带有年代感的家具整齐摆放，能闻见淡淡的朽木味道，在空气里萦绕飘散，让人慢慢平静，如同置身高山之上俯视众生的感觉。

整理好行李之后，滕知许拉着她坐在客厅里。楼层高，窗外能看见城市最中心的建筑物，周围的环境算得上雅静，远离闹市，自寻一份安逸。

滕知许拉着她坐下，捏起她的一丝头发把玩着，凑近些闻，有迷人的香味。

房间里暖气开得足，可是并没有成为滕知许能老老实实松开怀里女孩的理由，反而搂得更紧。女孩正坐在他的双腿上刷着微博，纤瘦的上身贴着他的胸膛。

一只手从半空中探出来，桑几枝瞟了一眼，没反应过来就被抢走了手机。

"还给我。"

滕知许看了一眼屏幕，低声笑着。

他的声音磁性低沉，带着莫名的魔力，念出口的时候莫名带着一番调笑的味道——"美女编辑感性发言，痛斥社会乱象？"

桑几枝红着脸，双手捂在脸上不敢动弹。

在网路上有一个小网站，里面大多是一些有着多年工作经验的新闻从业者，发发小稿，作为大学日常的参考模板。因为涉及的领域广泛，有些网民即使是无意点击进来，也会有较深的印象，得空的时候再进来看一看。

桑几枝在进公司的第一年就在网站里注册过账号，没事的时候也会发发文章，犀利大胆的发言受到了不少人的追捧，粉丝数量过六位数。

修长白净的手指在屏幕上点击着，点进个人主页，页面的左上角是一张照片。

照片上的人扎着高高的马尾，穿着立领的白色衬衣，微微笑着。

是十六岁的桑几枝。是他多年前第一眼见着的桑几枝。

这些年过去，除了褪去的婴儿肥和剪短的头发，他的女孩一点也没变。

她的眼睛依然清亮有神，只要注视着你，就能看见她的决心。

感觉到身上的人动了动，隔着衣料的皮肤相贴着，痒痒的感觉从心底生长起来,就像冲破泥土的新芽。

桑几枝微微挪开蒙在脸上的手,透过手指的细缝发现滕知许正专心地看着屏幕。

她脸上的潮红一直不退。

然后听见滕知许不耐烦的声音:"我不喜欢。"

心底突然的颤动在全身蔓延开来,她像被人控制住一样动弹不了。从见滕知许的第一眼开始,她就觉得他这个人,清淡如仙,君子以礼,高高在上得攀附不得。

所以她忌惮地躲避,就是害怕自己身上的世俗污秽沾染到他。

他那样的一个人,干净得像个孩子一样,就该被保护着,就该把世界上最好的一切小心摆放在他面前,任他喜欢,任他欢笑,不愿意看见他有一点点的不高兴。

可是他现在说他不喜欢,不喜欢十六岁的自己。

滕知许伸出一只手合在她的眼睛上,弯腰凑近她的耳边,声音淡淡的:"评论下面好多人说你很漂亮,我不喜欢。"

"啊?"迟钝的反应让她的眼睛里蒙蒙的。

又听见他的声音:"本来只想着把你娶回家,现在看来不行了,得买个鸟笼子把你关进去,天天只能看着我。"

桑几枝拉着他的手坐起身来。

原来是不喜欢这个。

阴霾在瞬间被他的一句话驱散。

她努了努嘴："之前是行李箱,现在是鸟笼,你把我当什么啊?"

"宝贝。"

"……"

嘴上迎来片刻的湿润。

"好了,现在是盖了章并署名滕知许的宝贝了。"

脸上的潮红又来,她害羞地扑进他的怀里。

天合广场上人来人往,低空之上飞动着白鸽。

当初为了建设文明城市,有关部门禁止市民私自喂养白鸽。统一收回后的白鸽繁衍速度很快,数量在短时间内剧增,没办法,只能将白鸽放养在城市出口处。后来建设工程范围向外扩张,也就变成了现在的天合广场和只增不减的白鸽,倒也成了一处风景。

莫羡坐在广场的长椅上,手里撕碎着面包,一边喂着聚集在她脚边的白鸽一边等着桑春来。

藏在墨绿色围巾下的脸只露出一双眼睛。

她向四处看了看,天气已经凉了,可是并没有阻挡营南市市民的热情。来往的人手里提着大包小包的购物袋一脸满足地从商场里走出来,像刚刚经历过一番厮杀。在广场上的露天咖啡馆里坐一会儿,就该是吃晚饭的时间了。

再抬眼,刚好看见桑春来手里拿着两杯咖啡走过来。

"今天人很多啊。"

她接过咖啡,握在手心里感受着暖和的温度,微微点头表示赞同。

桑春来在她身边坐下,侧着脸看她。她头发长了一些,别在耳后,多了几分女孩子的秀气,更好看了。

他伸出一只手搭在椅背上,心里不停地打鼓。

见旁边的人并没有发觉,重重叹出一口气,像是做了一个重大的决定。

缓慢在半空中抬高的手挣扎几回终于落在了莫羡的肩上。

他能明显感觉到身边的人瞬间的停怔。

"好冷啊。"青涩的话语和生疏的搂抱,让年轻男孩的脸燥热不已。

他心虚地偷偷着看莫羡下一秒的反应,又强装镇定地挺直腰板。

莫羡把头埋低了一些,然后挪身子靠在他的肩上。

这一下,让桑春来更加慌乱了。

他正视着前方,怦怦直跳的小心脏不停歇,跳动着,感受着。

他也没有看见藏在围巾下红得发烫的半张脸。

天色渐渐暗了下来,两人往商场里的用餐区走去。

商场里人依然很多,桑春来牵着莫羡的手跟在人群后面。

她的手很小,但捏起来肉肉的。十指紧扣的时候,突然的悸动让两人都愣了愣神。

"跟紧我。"

"好。"

"我舍不得丢。"

"丢了我就在原地等你。"

"真乖。"

扶梯上的情侣紧紧相靠着,莫羡往扶梯边上站了站,正好听见迎面下来的一对小情侣闹别扭的声音。

"所以你一直都在骗我对不对?"

莫羡闻声看过去,女生垂着脸,缓缓点头。

男生又问:"你到底有多少秘密瞒着我?"

声音越来越远,直到看不见人。

上了一层就是用餐区,很多类型的餐馆依次排列通往尽头。

桑春来往前一一看过去,询问她有没有特别想吃的。

没有得到回应,反而是衣角被人拉扯住。

他回过头,看见那双眼睛。

呆呆地看着他,像找不到回家的路的幼兔,茫茫然的,惹人心疼。

"怎么了?"

他以为她闹脾气了,柔声问她。

尽管感情空白,可是家里有两个女性,朝夕相处快二十年,他懂得女生有些时候会莫名地有小情绪。而他这些年也耳濡目染见过桑爸对姐姐和妈妈的任之宠之。

莫羡解开围巾，露出整张白净清秀的脸庞。

他才发现一直是假小子模样的莫羡今天上了淡淡的妆，清丽可人、明媚娇俏。

莫羡松开他的衣角，站得笔直。

他又觉得不一样了。

她太严肃了，严肃得他觉得周围的空气里到处是刮人骨头的冰刀，一刀一刀刺过来，躲避不开。

他甚至觉得现在站在面前的人并不真切，即使是面对面，可是他知道，在他们中间相隔的不是只有两步的距离。

她说："你有秘密吗？"

【第十四章】
DISHISIZHANG

相爱的人依然相爱，颠倒的人生也马上如同每一年的这个时候，开始扭转翻滚。

五岁的桑春来长得虎头虎脑的，特别逗人喜欢。

最爱逗他的，就是大伯家的姐姐，桑几枝。

逢年过节的时候，是他最期待的日子。他的衣兜里揣着央求爸爸买来的仙女棒，跟在桑几枝的身后满山跑。

那天两人放着烟花，他学着桑几枝的样子往斜坡下扔会发出巨大声音的响炮，脚下突然一滑。

他怕得喊姐姐，可想象中的惨状并没有发生，再睁开眼时，就看见已经滚下斜坡的桑几枝。

他吓得跑回家求救，家里大人急匆匆赶来，幸好没有受伤。

就是那个时候，在他的眼里，姐姐就是天使一样的存在，他期望自己长成小小男子汉，也能勇敢地站在她身前保护她。

"你有吗？"莫羡又问他。

有的。

就是那个晚上，他不放心桑几枝，半夜跑出房间想看看姐姐。路过亮着灯的房间时，他听见一声暴喝。

房间里是站着的大伯和坐在床边哭泣的大伯母，大伯焦虑地在原地来回走着，眼神很可怕，像隔壁爷爷家的地窖，让人只要看着，就感到深不见底的恐惧。

争执的声音被刻意压低，他站在原地，一字一句听得清楚，可是却听不懂。

那一年，他只有五岁，懵懂无知，不知险恶。

后来随着年纪的增长，他终于懂了大伯母哭泣的原因，这也是他毫不介意桑几枝修改他高考志愿的原因。

有些真相，没有人去捅破，就会一直被尘封，不被人们知道。

那只是世间尘埃的一粒而已，可对于一个家庭来说，是坠落的太阳，是永夜里不会升起的月亮。

那莫羡呢?
对莫羡来说，她的秘密又是什么呢?
是更改的姓氏，是被驱逐的人生，还是她懦弱的怜悯的自以为是的自我保护？

  科学领域里有两大理论——六度空间和蝴蝶效应，就是这样将这些人紧紧联系在一起。
  命运的不公平，人生的波澜起伏，不过都是因为十八年前，营南市的一起贪污案。
  此时距离新年还有半个月的时间，一切看起来还是风平浪静。
  相爱的人依然相爱，颠倒的人生也马上如同每一年的这个时候，开始扭转翻滚。

  新年的味道越来越浓烈。
  每天早上桑几枝跟着妈妈早起打扫房间。
  流传了千年的传统，每年的这个时候，除旧迎新，是崭新的，又如新生一般的。
  一整天下来，被忙碌占据，只有晚上的时候才能跟滕知许打一通电话，说说一天中的趣事。
  电话那头的人声音哑涩，她能听见他刻意压制下去的咳嗽声。
  "感冒了吗？"
  "没有，就是鼻子有些痒。"
  "骗人，你撒谎的技术比我还差。"
  然后又是一声咳嗽。

他的声音很好听,带着安抚人心的催眠作用。即使是现在生病引起的咳嗽,听起来也软软糯糯的,更像小孩子撒娇的奶音。

她正要开口教训他,话还没说出口,就听见那边细细碎碎的声音。

应该是有人进了他的房间,他轻轻应了一声,捂着音麦说了两句,糊糊的,听不清。

她坐在房间里,等着他那边忙完。

楼下已经有小孩在放烟花了,"呲呲"的燃放声音跳动在黑色的夜里,小区的一角明亮起来。

小时候的桑春来特别喜欢放烟花,所以她每次都会让妈妈先在家里备一些,等小春来来了,她就牵着他的手去院子里放。

隔壁家的小孩有时候也会来,后来搬家走了,就剩下她跟桑春来。

她记得,那个时候爸爸很忙,每天很晚都还没有回家。二叔一家来得勤,久而久之,她跟二叔的关系就更亲了。

只是那个时候她还预料不到,没过多久,她就真的住进了二叔家。小春来天天跟在她的身后,像个小鼻涕虫儿一样跟在她身后,甩也甩不掉。

"喂?"

那边应该忙完了。

"啊,我在听。"

"明天做什么?"滕知许停顿了一下问她。

"不知道,应该睡一天吧。"

回家之后虽然桑妈心疼她工作太累,让她趁着放假好好休息一下。可是她舍不得看桑妈一个人忙前忙后,多一个女人,心思就更细一些。现在该添置的添置、该打扫的打扫了,可以好好放松一下了。

滕知许应了一声:"好。"

他的声音低低的,有些疲惫。

"你是不是困了?"

电话那头的滕知许揉揉太阳穴:"有一些。"

桑几枝关上灌进冷风的窗户:"那早些睡吧。"

对方应了一声:"明天给你一个惊喜。"

滕知许的惊喜来得很快。

第二天早上,天还是灰蒙蒙的。

熟睡中的桑几枝被一阵电话铃声吵醒,迷糊地接通之后整个人瞬间清醒。

"下来。"

"去哪儿?"

那个声音喑哑:"我在你家楼下。"

冬日凛冽的寒风中,枯败的树干掩藏在浓浓的晨雾之后,街道上还没有人影,显得愈加清冷。

打开楼道的防盗门,滕知许就立身在氤氲朦胧的晨雾里。

一身灰色休闲卫衣外套着一件黑色西装长大衣,头发凌乱着没有打理,眼神清亮,可还是没有掩住他身上的疲惫。

桑几枝取下脖子上的围巾,触碰到他的肌肤时忍不住皱了皱眉。

"你一夜没睡开车过来的?"

滕家在十年前搬去了相隔五百多公里的隔壁省市。当年滕知许填报高考志愿回营南市时,没有人过问他的决定,也毫不关心他的前途怎样。在滕家人的眼里,他过得怎么样都没关系的,他是死是活也没有关系的。

他双手插在兜里,轻轻点点头。

桑几枝把围巾替他围好,冰凉的手指被微微冒出的胡楂扎得痒痒的。

一阵冷风吹来,滕知许把她揽进怀抱里,整个人拢进西装大衣里。

他的心脏跳动着,在寂静的清晨里,能听见"咚咚"的频率声。除此之外,她还能感觉到他身上有某个地方另外发出的声音。

像是求救的信号,以两人之间才能听见的细小声音告诉她:"你能不能救赎我,去上帝那里洗净我生来的污秽和不堪,从此坦坦荡荡,一路宽广。"

攀附在男人身上的手更用力地收紧,以无声的默契答应他。

——好。

出城方向的路上正在修建体育馆，占地两公顷。开车经过的时候，桑几枝特意多看了几眼。上个月她做的关于城市建设的新闻稿，在下厂后被紧急打回。

李总面色隐晦地看着她，语重心长地告诉她，没办法，相关部门刻意阻拦新闻稿没法通过审核。电话打过几次之后终于妥协。

说到原因，是因为采访中的市民大多对修建体育馆之事嗤之以鼻，抱怨颇多。

好几个从上世纪就居住在此的老年人被强制收回房产权，以高额的赔偿金要求搬离。

拄着拐杖的老人眼睛混浊，一脸愤懑："我这双腿都要迈进土里了，多苦多难都过来了，现在要那些钱干什么？我要的是这房子，要的是我在这里生活了大半生跟老婆孩子的回忆罢了。"

那些过往的美好回忆是支撑他们走完这一生残存时光的唯一支柱。

如同她自己，生命中的美好总共就那么点，随便抽走一丁点，她都会为之拼命。

马路渐渐开阔起来，拐进乡间小道里，两边是向上生长的芦苇，寒霜打出晶莹的露水。

车子熄火在用篱笆围起的院子前，平矮的瓦房后是片竹林，枯黄的竹身密密生长。篱笆外是片菜地，被人打理过的模样。

"这是什么地方？"

滕知许打开落了灰的门锁："我的家。"然后解释，"今天是爷爷的生日。"

桑几枝跟在他身后，房间里很灰暗，砖瓦砌起的墙壁上结了蜘蛛网，风吹进来，晃晃悠悠。

"我前天晚上梦见他了，他向我招手，问我是不是有女朋友了。我想，他对我应该还放心不下。这下正好，他也可以看看孙媳妇了。"

他站在木床边上，手撑在上面还能听见"咯吱咯吱"的声音。

桑几枝帮着他把床上的尘灰打扫，一寸一寸终于干净。手工编织的凉席上有细细的竹刺，他把她的手贴在自己的手背上。

他坐在床沿边，拉过她，下巴抵在她的肩膀上，深深吸一口，能闻见她身上茉莉味的沐浴露味道。

洁白的茉莉花，忠贞、永久，是他给她的爱情。

如同花语所说——你是我的生命。

拜祭过爷爷之后，初升的太阳洒下光辉在冰霜大地上。

滕知许抱着她坐在院子里的藤椅上。乡下才有的清新空气吸进肺里，心里顿时豁然开朗。

桑几枝伸出手将他有些乱糟糟的头发抓得精神，指腹不经意触碰到头皮时，滕知许闷哼了一声。

"怎么了？"

滕知许扭头不满:"你走那天都没有亲亲抱抱我。"

小孩子闹脾气的模样立于纸上,桑几枝捂住嘴嗤嗤笑得前仰后合,他刚刚抓好的头发又被她抓乱。

"你怎么还有撒娇的本事啊?"

滕知许任她的手在自己脑袋上大动干戈,等她松开手的瞬间,身子微微往前仰在她嘴上嘬了一口。

轻轻淡淡的一个吻,唇齿之间却仿佛被人灌进了蜂蜜一般,香甜无比。

桑几枝圈住他的脖子,慢慢凑上去。

没等接近目标,对方就已经迎了上来。

她睁开眼睛看见同样看着自己的人,睫毛不长,但是很翘,微微闭眼的时候看着更好看。

午饭是在滕叔家吃的。

桑几枝踏进那间空荡的矮房时,不由得吃惊。

灰色的水泥墙壁上有白色粉笔的图画,一个半人高的衣柜,一张桌子,一张木头床,门后挂着用黑色塑料袋包好的烟叶。

家徒四壁,无比简陋。

滕叔坐在院子里逗着刚抱回来的幼狗,灰白色的烟灰掉落在地上,风一吹就飞得好远。

握着烟枪的手指布满了干涸的裂口,双手常年浸泡在姜黄色的泥土里，裂缝里藏着黑黝黝的岁月。

桑几枝站在半山腰上，身后是大片大片的芦苇，粉白色的芦苇絮迎风飘散，吹到田埂上，吹进泥土里，吹落在滕叔花白的头发上。

"滕婶过世好多年了，老来得女，他靠着去田里摸鳝鱼赚的钱好不容易拉扯大了女儿，一路读到研究生。女儿是滕叔的骄傲，本来去年结婚的，可是年底出了一场车祸，撞死了人，除了赔钱还要坐牢。婚退了，新房也卖了。他去监狱里看女儿，什么话也没说，留了封信就回来了。把所有家当都卖了，连棺材本儿都取出来了，钱还是不够。从那以后每天凌晨两点就下田，赶上换季的时候，什么也没有。有次我回来看他，他就像现在这样坐在院子里，动也不动地看着田埂上经过的人，一直笑着，笑着笑着就哭，哭完了又笑。"

那个佝偻着的背影孤单地坐在枯黄的树枝下，风掀起衣角灌进衣服里，把他瘦弱的身体充盈，可是他毫无察觉，所有的感觉都仿佛丧失掉一样。

他心里惦念着的，才是他这余后此生的唯一牵挂。

什么都没有他的孩子重要。

什么都不重要。

那天是元旦的前一天，滕叔凌晨摸完鳝鱼回来后天边已经现了光亮，灶台上还有两个馒头，他蒸好之后将其中一个掰开一半，剩下的，全部装好放进上衣口袋里，用塑料袋提着铁瓷碗走出了家门。

下了雨，泥土被冲刷得松软，走了还没有一半，鞋面已经被泥浆盖上一层。

当他走到营南市监狱门口时，灰蓝色的大门将他跟他的女儿隔着。他站在门外，低头擦掉就要汹涌而出的泪水，蹒跚地走入。

女儿瘦了些，头发剪成不用花费太多时间打理的寸头。看见父亲的时候，羞愧得不敢抬头。

探视不允许收拿物品，滕叔说了两句好话依然行不通。来来回回的脚步声在空荡的走廊里越传越远。

"扑通"的一声后，哽咽苍老的祈求声传来——

"我女儿从小就爱吃我做的回锅肉，你就通融通融吧。我都这把年纪了，也不知道她出来的时候我还在不在了。"

押管人员挥了挥手，不行就是不行。

隔着探视的玻璃，喂不进女儿嘴里的回锅肉，是滕叔这辈子唯一的遗憾。

他没有对不起妻子好好教育女儿的承诺。

那封信里，写着扭来扭去的几句话——

做错了，我们就要认，把人家的孩子撞没了，我们就要赔。

好孩子，不要担心爸爸，你一直是我的骄傲。

你以后也要好好地过生活。

……

刑期还没有判下来，可是滕叔心里自己掂量，那是一条人命，不好赔的,是怎么都还不清的。

那天夜里下了场暴雨,等终于听不见雨声,滕叔揣着一瓶啤酒上了山。

弯弯窄窄的小路,两旁生长着带刺的野草。

尽头那里,立着墓碑。

以前听老人说,想念死去的人的时候,就在夜里跟那个人多说说话,晚风会帮你带过去,多远的距离都可以。

滕叔坐在墓碑前,弯着身子把长高的野草拔掉,刺扎在生着厚茧的手上毫无感觉。

他闷了大半瓶酒,以前滕婶还在的时候管他管得严,从不让他多喝。

"我听你的话的,很少喝酒。你看,这一瓶能够我喝好久。可是家里没有装酒的柜子了,我得喝完才不浪费是不是?"

"女儿很乖的,婆家人对她也好。你说得对,咱女儿一直都很给我们争气,书念得好,又懂事又听话。"

"所以啊,我为她做什么都是值得的。什么都值得。"

……

桑几枝看着滕叔的方向,心有忧愁地问:"那他以后怎么办?"

剩下的高额赔偿金,对从出生以来就依靠田地过日子的滕叔来说,根本拿不出手。

滕知许转动方向盘："我跟他提过有困难可以找我。"

桑几枝点点头："那基本的生活呢？"

滕知许扭头看着那间平矮的瓦房，淡淡道："滕叔是个很好强的人，当年他女儿在学校被诬陷偷东西，他一声不吭跑去学校找老师讨要说法，闹到校长那里，最后误会解开。他只说'我们穷是穷，可是我们绝对不会做对不起别人的事'。他害怕亏欠别人，所以只要他觉得能过下去，就不要用施舍者的身份站在他的面前，对他来说那才是伤害。"

车子驶上宽阔的马路，节日的热闹气氛在大地各处洋溢着。

进城口道路两旁的树枝挂上了五颜六色的霓彩灯，马路上方接连挂着一排一排的红色灯笼，即使还没有到晚上。

十字路口，绿灯亮。

晚上滕知许还要赶回家，桑几枝享受着为数不多的亲昵时间。她笑得特别灿烂，在这样的冬日里，温暖人心的力量强大无比。

等在旁边的灰蓝色车里，十七岁的男生揉乱染成金黄色的头发，不耐烦地说："烦不烦啊！"旁边的人又絮絮叨叨说了两句，这下彻底惹火了男生，不管不顾拉开车门下了车。

关门的声音很大，桑几枝看着从车前经过的男生，只穿着一件格子衬衫，一脸桀骜地走过。

滕知许捏起她的下巴："看入迷了？"

桑几枝坐直身子："怎么可能，这种毛头小子最烦人了，而且你看他的头发,活脱脱的非主流。"

滕知许手肘抵在车窗上。

"还没你帅。"

"啵——说对了。"

【第十五章】
DISHIWUZHANG

那些你以为在悄悄变化的事情其实依然保持原样。

这些年里,桑家仿佛已经形成了一个固定的模式。

他们从来不提关于十八年前那件事的始末,好像大家都当没有发生过一样,依然前行。

世界上所有的人,谁都不会让自己最亲最爱的人受到一点点的伤害。桑家亦是如此。

可是命运从来不会善待人,也不会就此让人心安理得地不念过去走完一生。

老话说,该来的总会来。

掩埋的事实真相,所有的不公平都在这个信念里,汹涌而来。

大年初二的那个晚上,桑家一年一次的家庭聚会里,有人从桑春来的工作问题聊到桑几枝的人生大事。

桑爸喝了酒:"急什么,我女儿条件这么好,别人都是睁着抢着来娶的。"

人喝得醉醺醺的,脾气也让人捉摸不定。桑妈打着圆场,却还是听见角落里的嘲笑声。

"什么条件好,她亲爸干出那档子事,别人知道了,躲还来不及呢!"

一餐饭到最后,闹得非常不愉快。

桑春来拉着桑几枝走出了包间,两人一前一后的身影从楼梯上下来。

桑春来有气,一路走得惊天动地的。

桑几枝无所谓地说:"这么多年我都习惯了,不用太在意的。"

桑春来踩着她的脚印:"我在意。"

"什么?"

桑春来目视前方:"我听不得别人这么说你。"

桑几枝回身看他的时候,拐角的地方快步跑上来一个男生。

骨头相撞的声音格外响耳。

"不好意思啊。"桑几枝跟他道歉。

本来脸上有怒色的男生看清她之后反倒收回了刚刚那副恶狠狠的样子,他惊诧道:"桑几枝?"

是前几天在路上看见的那个非主流少年,只是头发已经染回了黑色。

桑几枝觉得不可思议，在她的记忆里，她根本不认识他。

"你认识我？"

男生扭头看了一眼下层的楼梯："我妈认识你。"

桑爸和桑妈跟在后面走了出来，看见两个孩子停在那里不动，正想问他们出什么事了。

下一秒，一个声音响起，让他们同时愣神。

"珀西，跟人家道歉。"

那是个穿着黑色鹅绒大衣的女人，发尾微卷披散在肩上，脸上有淡妆，可是依然遮不住她脸上的细纹。

"你回来干什么？"

"你怎么回来了？"

桑爸桑妈截然不同的态度表达了对女人出现在这里的意外。

女人讪讪地看着桑几枝："兰伯特的公司把他调回了中国，正巧是过年的时间，我回来探亲。"她的声音很轻，尤其是说到"探亲"两个字时。

桑几枝站在原地，双眼渐渐充血。

女人走近她，迟疑地伸出手牵住她："枝枝，你还记得我吗？"

声音卑微可怜。

墙壁上亮着昏黄色的灯光,桑几枝刚好站在逆光的位置。她咧开嘴笑着:"我怎么会不认得你?你是我妈妈啊。"

女人含着泪微笑起来,又听见桑几枝说:"你是生我又抛弃我的妈妈,你把我扔下,拿着我爸的钱跑去美国,嫁人生子。"

桑几枝指着笑得一脸狭促的珀西,声音陡然提高:"怎么样?回来探亲?你带着个别人生的孩子要探谁?你的家人吗?这里哪儿还有你的什么家人?"

隔着拐角的距离,她突然控制不住地上前厮打珀西。

"姐!"桑春来叫她。

她知道,从小到大,桑春来只有害怕的时候才会管她叫"姐"。

她同样害怕。

女人惊叫出声,高跟鞋在大理石上踩出重重的声响。

每一声,都砸进桑几枝的心里把她的伤疤揭开,直到鲜血直流还要反复不停地撒盐。

女人歇斯底里的声音在楼道里回荡:"你不要打他,他没有做错什么!你不要打他!"

桑几枝被桑妈拉住一只手,在看到她脆弱得不堪一击的眼神后,桑妈不禁松开了手。

然后是清脆的一声,响在整个楼梯间。

锋利的指甲在桑几枝脸上划出一条血印。

桑爸怒不可遏地责问:"裴念文,你凭什么打我的女儿?"

……

桑春来找到她的时候,她正蹲在马路上哭得大声。

像一只冬夜里被抛弃的小猫,全身缩在一起,发出孱弱的呼救声。

"姐。"

"不要过来!"

桑春来没有停止脚步。他想要给她一些力量,仅此而已。

可是他做错了。

他只是踏出了一步,桑几枝害怕得想要逃得更远。

可是冰凉的双脚根本无法动弹,她伸手撑在地上,一点一点地往离他更远的地方爬去。

"姐,姐,我不过来,你不要动了,求求你不要动了。"

地上的人真的不动了。

桑春来试着劝她:"姐,地上冷,你先起来,我们回家。"

没有得到回应。

桑几枝失神的眼睛看着他,说:"春来,你先回去。"

"姐。"

"回去!"

有车子经过,暖黄色的灯光打在身上,让桑几枝终于清醒了一些。她的双脚依然无法动弹,只是挪动一点点,锥心的疼痛感就从脚底向上蔓延开来。

她好想滕知许啊,好想被他抱着,只是静静地待着就好了。

这样的话,她就会觉得被丢掉的一半身体才真正完整。

冷风刮在身上,她冻得哆嗦。

一件还带着体温的外套披在身上。

她喃喃地喊:"春来……"

下一秒,就被拥进一个温暖的怀抱里。

"小女孩,我来了。"

声音就在耳畔,可是却感觉是从好远好远的地方传来,让她觉得不真切,害怕回头的一瞬间,发现一切都只是她的错觉。

暖和的外套让她能轻轻动弹,把自己缩成一块儿,头埋进膝盖里。

她不敢看。

她害怕,害怕是假的。

他怎么会过来?今天这样的日子,就是该家人坐在一起,合家欢庆。

一双手钻进她的膝盖里,突然的悬空让她害怕得惊叫。

抬头的瞬间,泪水又来了。

"滕知许。"

"我在。"

"滕知许。"

"我在。"

"你是不是假的？"

滕知许看着她，像看一件最珍爱的宝贝被人摔破打碎才会露出的怜惜一般看着她："你亲亲我就知道了。"

桑几枝破涕为笑，钻进他的怀里。

他的胸膛很宽。她能感觉到，有股力量在慢慢牵引她，带着她走出心底的阴霾，往光明的尽头走去。

这种感觉真好。

她是"问题女侠"桑几枝，是别人眼里永远笑得最开朗，谁也打不倒的桑几枝。

那些该死的软弱和敏感都去见鬼吧。

她现在有最牢靠的后盾，她可以尽情在这个怀抱里酣睡，谁也不能将这个人从她身边拉开。

谁都不行。

餐厅楼下的茶坊里，坐着面面相觑的三人。

桑爸气得脸通红，眼睛一直瞪着裴念文。

"你这次回来待多久？"

裴念文伸手理了理凌乱的头发："应该会待上好一阵子。"她的声音有些哑，应该是刚才喊叫得太用力。

桑妈拉了拉桑爸，有些犹豫地问："你去看过他吗？"

感觉到桑爸一直盯着她的眼神，裴念文迟疑地摇头。

没有说出口的名字，好像一个禁忌一般，开始三个人的话由，也终止。

走出茶坊的时候，桑爸好像不甘心，对离得越来越远的清瘦身影喊道："他是无辜的！"

身影顿了顿，路灯的昏黄颜色映在她的身上。

"我知道。"

"那你为什么要离开他？"

有些问题，因为不是当事人，所以更想弄懂弄明白。

裴念文转过身来，看着站在桑身边的桑妈。

她说："我只是个女人，我等不起。"

对裴念文来说，桑几枝的爸爸桑海曾经也是她的天。

他们是自由恋爱，当初她的父母并不同意这门婚事，说对方是个警察，以后日子都会过得不稳妥。年轻的她哪里顾及这些，她只知道，她喜欢上了一个人，他是个英雄，是她少女时期最完美的模样。

她确实是个好妻子，洗衣做饭，相夫教女，一家人和乐融融。

后来，当她知道桑海因为被诬陷面临牢狱之灾的时候，她也没有觉得自己爱错了人，因为她知道他是被诬陷的，她愿意等。当所有的证据都摆在面前，她依然相信他，可是，她已经不愿意再等他了。

她终于明白妈妈的担忧，她也终于贪图安稳。

所以，她走了。

醒来的时候阳光透过窗棂肆意挥洒进房间，微风将白色窗帘拂动，干枯的树枝上跳着两只喜鹊儿，一切都很明朗。

这是桑几枝的房间。

每一样物件都是桑妈亲自收拾摆放的，尽管她不常在家住，可是桑妈每天都将房间打扫得干干净净，不落一丝灰尘。

她一直被这个家用最多的爱疼惜着。

她的那些恨意啊，不管多少次涌来，只要回到这个家里，都会消散。

客厅里没有人，一碗还冒着热气的白粥放在餐桌上，她走进厨房，桑妈正收拾着台面。

她伸手从背后抱住桑妈，小时候她得抬起头才能看见的人，现在比她矮了一个头。

那些你以为在悄悄变化的事情其实依然保持原样，只是因为你在慢慢长大，所以当你发现这个世界变得越来越大的时候，回过头看，却感觉那些你经历过的地方在慢慢变小。

"起来啦？"桑妈愣了几秒，轻轻笑出声。

"嗯。"

"去吃饭吧，昨晚就没好好吃东西。"

桑几枝抱着桑妈不肯撒手："好。"

桑妈无可奈何地摇摇头："快去吧。"

她走出厨房，发现家里只有桑妈一个人，问："爸爸和春来呢？"

桑妈从冰箱里拿出腌菜："在楼下踢球。"

她吹凉白粥："今天怎么想起去踢球了？"

桑妈在她身边坐下，手抚在昨天晚上被裴念文打伤的脸上。

"你爸说养了这么多年的女儿可不能白白让人家带走，得比试比试，至少得赢过他。"

明明吹凉了的白粥还是烫嘴，桑几枝惊得跳起来："什么？"

桑妈看向阳台，那里能清楚地看见对面学校的绿茵场。

三个男人驰骋在绿茵之上，黑白相间的足球在半空中跳动着，像律感十足的音符，让众人为它沸腾欢呼。

桑几枝站在阳台上，她心里突然滋长而出的幸福感觉将她周身笼罩。

她被人抛弃，但也幸而被人疼爱、救赎。

以前上学的时候，她其实一直很难懂得那些深陷困境的人是怎样鼓起勇气重新站起身来，尽管踏着细小的碎步也还是能把人生走完。

那些曾经参不通透的道理，现在说不得是大彻大悟，但总算是能够明白一点点了。

就算前路没有人为你指引,牵着你的手带着你往前,但是你的身后,大概总有一两个人,不用推着你走,但是你只要念及他们,就会滋生勇气,往前走一步,再走一步,终于到达终点。

大家都对昨晚发生的事只字不提。

午饭过后,桑爸拉着滕知许比试了几局象棋。

桑几枝好笑地看着滕知许执棋迟迟不下的样子,那副蠢笨的样子大概只能骗骗桑爸。

他那么聪明的一个人,好像生来就是聪明绝伦。

她突然想,她还不曾了解过他以前的人生,悲和喜,哀和怒,通通都不知道。

下午四五点的样子,小区对面空荡的校园里有提前来学校里复习功课的学生,那努力的样子让桑几枝想起以前上学的时候。

学校是小学部连升初中部,那时候桑几枝念初三,桑春来在隔壁的小学部。

小学时候的桑春来瘦瘦小小的,经常被同学欺负。桑几枝听了,提着凳子从初中部赶来,把欺负桑春来的几个男生堵在厕所里,威胁他们要是再招惹她弟弟,就扒光他们的衣服把他们扔进女厕所。

楼挨着楼,消息一下子在学校传开,谁都知道了桑春来有个横行霸道的姐姐。

低年级的学生在背后偷偷管她叫"问题少女"——就是那种谁见了都会躲得远远的大姐大。

后来考高中，从同一所中学出来的同学将这个外号再次传开。

她被贴着这个标签整整四年。

……

滕知许看着她笑得弯弯的眼睛："然后呢？"

桑几枝低头想了想。然后，她考取了隔壁市的大学，离家四年。

每个月末，桑春来都趁着那半天的放假时间给她运输家里的吃穿用品。

她送他去车站，每一次都告诉他不用每个月都来，这个时间他该跟朋友们多出去玩玩，好好放松一下。

桑春来把省吃俭用的零花钱一股脑儿塞进她的书包里，跳上小巴车，探出头跟她挥手。

"姐！我下次再来看你！"

……

滕知许握住她的手，掌心贴合："所以啊，我的小女孩，不要伤害自己。你有他们疼爱，还有我，我们都不舍得让你受到一点点的委屈。"

桑几枝点点头："是啊。希望春天快些来，等大地暖和了，也就不会总觉得冷了。"

滕知许掀开大衣，把她拢进大衣里。

"那你呢？"

"什么？"

桑几枝抬头看着他，早上仔细看清他之后才发现，他好像比上次见面的时候瘦了些，不过三四天的时间，整个人看起来苍白无力，摇摇欲坠。

"本来是团圆的日子，你过来这里没关系吗？"

滕知许看向远方，那里落叶飘飞，在风中翩翩起舞。

"没关系的，我本来就是无关紧要的。"

桑几枝惊讶地说："怎么会？谁家有个这么优秀又好看的儿子会不喜欢啊？"

是啊，谁家不会啊。可是滕家偏偏特立独行，就是不会。

那个原因，他还未曾向她提起过。

"因为，我不是滕家的孩子。"

跟后来在滕知许姑姑那里听来的相差无几，只是他淡淡地叙述着那些年，好像跟他无关。

他更像是一个见证者，没有任何的情绪起伏，甚至于他每讲出一个字都像是有谁早已经替他准备好了范本，刻板又毫无波澜。

只是那后来，他过得更加不好。

【第十六章】
DISHILIUZHANG

他也好想能站在山巅之上，仔细地看清这个世界啊。

滕辅深一天天长大，会甜甜地叫人、会撒娇、会笑。滕知许那副逗人喜欢的皮相，已经比不上滕辅深更叫人喜欢了。

更何况，滕辅深才是滕家的亲生孩子。

他只要坐在那里，就能听见毫不忌惮的声音从四方涌来——

"果然还是要自己生的孩子才会亲。"

"是啊，小深讨人喜欢得很，嘴又甜。"

"哎，大一点的那个，会不会是脑子坏了啊？"

他知道在大人们是在说他，抬头迎上他们探究的目光。

他干净的眼睛里一点点看到的，是那些亲戚变化的脸色，他们看着小深的时候脸上的欢喜和看见他的时候的避之不及。

他整天躲在自己的房间里，手里拿着爷爷买的玩具。

那一天是小深五岁的生日，他从枕头下摸出爷爷留给他的钱，去小区对面的超市买了块小小的面包，上面有很多肉松，金黄色的光泽诱人口水。

他把面包藏进上衣里，打算回家后偷偷拿给弟弟。

以前每年生日，爷爷都会买肉松面包为他庆祝生日。

他想，弟弟也会喜欢的吧。

可是回到家里，他看见只有五岁的弟弟手里拿着爷爷买给他的玩具。他上去抢了回来，手上没轻没重，弟弟摔在了地上。

厨房里的妈妈听声出来，转身就是一个巴掌："你凭什么打他？"

暴怒的声音在房间里炸开，他在天旋地转之间感觉到突如其来的腾空。

小深在哭，可是他分不清是因为被他抢回了玩具，还是因为妈妈变得可怕的脸色。他的小小心脏在不停坠落，他发出求救似的声音，小小的哀号在房间回荡。

那是个漆黑的柜子，他蜷缩着身子坐在里面，耳鸣声刺激着他的衰弱神经让他昏沉得想睡下去。

幽闭的空间里，他听见小深轻轻拍打着木门，问他在不在。

他手里还攥着面包，肉松全部掉落不见，他捧在手心里，干渴的喉咙里艰难地发出声音："小深，生日快乐。"

再睁开眼睛的时候，有微微的光亮透过缝隙进来。

他已经分不清那是阳光还是灯光，他虚弱得像只受伤的幼兽，只能听见来自喉咙里的微乎其微的声响。

手拍在门上生疼。他好饿，他好想出去，他好想爷爷。

总是笑呵呵把他抱在怀里的老人，只要一出现，就能把他所有不安的情绪泯灭消失。

"妈妈，我错了，你放我出去好不好？我好饿啊。"

没有人理他。

他忘记了自己是怎么从幽暗的衣柜里出来的，只记得当他睁开眼睛的时候，白色如雪的房间里，有着各种各样他不认得的仪器。一些长的粗的细的管子将那些仪器和他的身体连接，他感觉到呼吸的困难和压抑。

转头的时候，看见玻璃窗外的姑姑和小深。

小深小小的手掌覆在玻璃上，轻轻拍打着。姑姑将他拉开，他又跑回来，嘴里念念着："哥哥，哥哥，你好些了吗？"

他艰难地举起没有吊点滴的那只手，一点一寸吃力得让他扯动嘴角。

他挥挥手，看见小深小小的背影消失在玻璃窗外。

世界一下安静，他能听见药水滴落在药瓶里的声音，还有微风吹动窗帘的阵阵拂响。

可是他突然觉得，这些都与他无关。

他真真切切地活在这个世界上，却感受不到与他相关的东西。

亲情、身世，都是假的。

他像一个被人悬挂在田野里的稻草人。风来，他摇动，雨落，他被迫接受。

他也好想能站在山巅之上，仔细地看清这个世界啊。

可是他找不到光亮，在昏暗的路上被撕扯、被打击。

而真正让他感到绝望的是，在每一个被黑色笼罩的夜里，他开始控制不住地发抖，害怕得蜷缩着身子想要往有光亮的地方去。

十岁的孩子什么都不懂，扯掉手上的点滴就跑出病房。

走廊里明明灯火通明，可他还是能感受到来自心底的恐惧将他一点一点吞噬。

跑出医护大楼，他一路寻着灯光往前，越走却越看不见光。

他嘤嘤的哭声引来护士，被抱回病房。

心理治疗师来看过之后，用毫无起伏的声音问听来消息赶来的爸爸："孩子之前是不是被长时间关在幽闭的空间里？"

爸爸点点头。那天晚上他回家之后并没有注意到滕知许不在，等过了三天，他才发现不对。

一旁将孩子哄睡的小护士瞪了他一眼，感觉到孩子突然的痉挛，轻轻拍着他的后背。

医生说这是黑暗恐惧症,是神经症的一种。如果严重的话,可能会演变成精神疾病。

回到家的爸爸怒气冲冲地跟妈妈抱怨,小深躲在房间里,天真无邪的脸上因为爸爸的话而染上阴霾。

"我怎么跟我爸交代?好好的一个孩子得那种病!他以后怎么办?"

妈妈将存折抢了回来:"我不管!他又不是我亲生的!死了还是病了都跟我没关系!"

"你再说一句!"

"我就说怎么了!小深才是你的儿子,以后老了病了只有这个亲生儿子会惦记我们!他才不会管你!"

争吵声在小小的房间里此起彼伏……

小深跑到医院,看见充斥着光亮的房间里依然瑟瑟发抖的人。

姑姑对他说:"人的不健康分成两种,一种是身体上的,大多能够靠着吃药慢慢治好;另一种就是心理上的,很难医治。小深啊,以后你来保护哥哥好不好?让他开心一点、快乐一点,你能不能把他心里的空缺填满,让他好好地活在这个世界上呢?"

五岁的孩子,踮起脚跟姑姑做了个约定,要一直一直保护好病房里的那个人。

"你知道吗？"滕知许将桑几枝脸上的泪水擦去。

"那一次是我第一次真正理解死亡是什么意思，没有感觉，也终于不用在别人的眼色下很辛苦地活着。"

"妈妈来看我的时候，我偷偷把她的手机拿走，我记得，那上面有爷爷家的电话，可是早就已经是空号了。后来我才知道，每次爷爷都是要走好远好远的路才能跟他们联系上一次。"

"也是那一次，我才知道为什么他们始终没有把我送走。"

当时发现手机不见的妈妈折回病房，看见他躲在房间角落里一遍一遍地拨通号码，她上前又要打他，被爸爸拦了下来。

姑姑拉着他，安慰他不要哭。

他为什么不哭呢？

他没有爷爷了，他还听见一直为他忙前忙后的爸爸突然炸开在房间里的声音："我们在他身上已经花了好几万了，你还要我赔多少钱出去？"

原来啊，爸爸只是不舍得那些花在他身上的医疗费而已。或是想着以后老了，身边多个人，总能多一个人的力量照顾他罢了。

桑几枝抹掉几次汹涌而来的泪水，她声音沙哑："你为什么不逃呢？他们都是魔鬼啊！"

滕知许平静地看着她，周身被拢进阴影里。他说："那时候我不过十岁，我能逃去哪里呢？桑桑，我是买来的，我是谁？我从哪里来？我根本不知道。"

桑几枝抱着他，埋进他的颈窝里。

他感觉到温热的颈窝里突然掉落的冰凉。

他双手抱住她，不敢确定地问："桑桑，这样子的我是不是糟糕透顶？"

呜咽的声音响在他的耳畔。

桑几枝抬起头，很努力地绽放开一个笑容给他看："没有啊，你不糟糕，糟糕的是这个不公平的世界。"

滕知许拨开她脸上被泪水糊住的发丝，她哭起来的时候像只落水的小猫，所有的装腔作势和故作凶狠都被眼泪冲刷掉，让人心疼不已。

他更用力地抱紧她贴近自己的皮肤，体会到他心里从不跟人谈起的苦楚。

"滕知许。"桑几枝的手摸上他的脸。

他生得真精致，眼睛含光，鼻梁高挺，甚至连唇形都好看得让她一个女生也嫉妒得不行。

"嗯？"

她笑了起来："我好喜欢你呀。"

滕知许牵住她的手送到嘴边，蜻蜓点水的一个吻："有多喜欢？"

桑几枝伸展开来，画圈往外，她的笑容越绽越开："这么多这么多，还不够，我自己一个人都揽不住。"

……

风扬起掉落在地上的树叶，枯黄的颜色在空中迎风飞舞。在教室念书的孩子有些疲惫了，打开窗户透气的时候，刚巧看见操场上的一对年轻男女相拥着。

看起来多美啊，那互相眷念的姿势，让人只要看一眼，就觉得内心满足。

晚饭之后，桑爸拉着滕知许继续下棋。

他排兵布阵阻挠滕知许的棋局，眼看着只要一步就能获得胜利，却没想到滕知许兵行险着将他置之死地。

"将军。"

桑爸拍手叫好："好小子，在这里等着我呢。"

滕知许的脸上依然挂着礼貌和谦逊："叔叔棋艺高超，我也是死后求生。"

桑爸将棋子摆回原地："棋局如人生，还是要一步一步稳稳前进才是最好啊。"

滕知许点点头："叔叔你放心，我一定会好好保护几枝，让她每一步都走得安稳快乐。"

桑爸没有说话。

厨房里桑几枝帮着桑妈洗着水果,两人欢欢笑笑地说着话。

桑春来一直给莫羡打着电话,可是一直提示对方未能接通。

最后一子棋落回原位,桑爸决定似的说:"你能给她一个家吗?"

"能。"

"你能照顾她一辈子吗?"

"一直到我死,我都会好好爱她。"

新年还没有过完,滕知许和桑春来就被紧急召回了局里。

忙得人仰马翻的营南市公安局里人人面有难色。李爽在看完刚送来的资料之后,不等随川来就先将资料送去了重案组。

重案组的同事在得到上面的指示后,又急急忙忙将资料送回。刚到侦查组办公室门口,就碰上了开完会的随川。

随川将资料翻看了几页,"人呢?"

戴着警帽的年轻男生回答:"医院说已经没有了生命危险,但是还不知道什么时候能够醒过来。"

随川交代了他两句就回了办公室。

李爽迎上前:"怎么样?上面怎么说?"

随川脱下警帽,脸色难看得要命:"已经成立了专案组,两个星期之内必须全面彻查结案。"

李爽惊呼:"什么?两个星期?那可是十八年前的案子啊!"

随川心烦意乱,他早该猜到了这件事的必然性,可是他怎么就是没有将这些线索串起来呢?

"别说是十八前年的案子,就是再往前十八年,也得马上处理完!"说话的空隙,他将办公室看了一圈,锁着眉问,"滕知许呢?"

李爽坐在办公桌前下载重案组同事发来的新线索:"审问室。"

"莫羡呢?"

李爽看着他,又看了看埋头忙在电脑后的桑春来。

桑春来探出头:"我给她打了电话,一直没人接。"

随川蹙眉:"她家里呢?"

桑春来低下头:"我去了,没人。"

滕知许从审讯室出来的时候,已经是中午快一点的时间了。等他走进办公室的时候,惊喜地发现桑几枝正坐在他的位置上。

"你回来啦。"桑几枝站起身走到他面前。

他一把揽过她,弯腰靠在她的肩上,瞬间所有的疲惫都消散殆尽。

"你怎么来了?"他忙了一上午,现在口干舌燥,说话时候的声音里干渴得像被人点了一把火。

"春来说局里很忙,我想着你可能还没吃上饭,就做了些东西过来。"桑几枝拉着他走回座位上。

银色的保温盒里有三层,有汤有菜,异常丰盛。

滕知许从旁边桌子拉过一张凳子,坐下的时候问她:"你吃过了吗?"

桑几枝将饭菜从保温盒里拿出来："吃过了，你快吃，还热着呢。"

等她忙活完，滕知许拉着她坐下："陪我再吃点儿。"

桑几枝把筷子递给他，他夹起蔬菜送到她的嘴里。

"好吃吗？"

桑几枝点点头。

"那我们一起吃。"

李爽实在受不了这腻味，忙里偷闲地抱怨着："哎哎哎，我们这儿办着正事儿呢，你们要秀恩爱出去秀。"

滕知许头也不回地答他："我们也办正事儿呢。"

李爽反问："你办啥正事儿啊？"

滕知许面不改色地说："培养夫妻感情。"

李爽吃了好大一盆狗粮，乖乖地闭嘴不搭理两人。

桑几枝红着脸低头不说话，老老实实地给滕知许剥着虾。

滕知许凑到她的脸边："害羞了？"

"嗯。"

他倒没想到她这样诚实，手指捏着她的脸蛋，滑嫩嫩的，不敢下重力："怎么这么可爱啊，我的小女孩。"

随川将一摞资料放在桌上，看见滕知许回来，一刻都不停歇地问他："问得怎么样？"

滕知许好不容易放松开来的眉头又紧皱:"流水线很长,他只是最末端的接手人,钱到他手上时,已经少了起码三成。"
　　随川的手指轻点在桌案上:"有没有说联络人是谁?"
　　"往上是钉子,只不过之前因为老婆孩子被绑了,不敢有太大动静,所以联络的时候都是靠微信和电话,并没有瞧见人。"
　　随川有些不可思议:"钉子?"
　　那个被滕知许从天台上救下来的人。
　　"对。"
　　随川越想越奇怪:"再往上呢?"
　　"哨子。"
　　李爽听到此也察觉出不对劲儿:"他不是之前杀了人现在还在监狱里坐着吗?他小子还能分身啊?"
　　随川看了一眼李爽,又看了看滕知许。
　　不会错的。滕知许审问过的人,从来没有还能再说谎的。

　　滕知许将前后的线索串起来,在脑海里画了一张人物图,越画越复杂。
　　"会不会……"
　　"爽儿!"不等他说完话,随川先叫了李爽。
　　"哎!"
　　随川把一沓资料扔给李爽:"你再去重案组那里瞧瞧,特别是关于十八年前那件案子的线索。"

李爽先出了门:"好呢!"

随川跟在他身后。

桑几枝看着正慢悠悠吃着饭的人:"你不用去吗?"

滕知许往她嘴里又送了一筷子菜:"不用,该我忙的事儿已经处理完了。"

桑几枝看着他细嚼慢咽:"那你接下来做什么?"

滕知许说:"陪你。"

【第十七章】
DISHIQIZHANG

用我剩下的几十年，加倍喜欢你。

　　整件事情，要从几个月前滕知许将寻死的钉子从天台劝说下来开始说起。

　　钉子是本市人，平日里也没正经工作，大多时候是在麻将馆里给人看场子。在多少个城市里，大大小小的街头巷尾里都有一间差不多的牌馆，玩小了一局下来也得八九千，玩大了也有人一夜之间倾家荡产。输光了自然有人要闹场子，钉子就是专门善后清场的人，用黑话来讲，就是打手。

　　钉子贪财，什么事都是有钱就干。局里安了线，如果场面不好收拾的，就得叫警察。钉子在这一头，就是局里的线人。

　　那一次他上天台寻死，是因为警察例行检查时有人输光了家产正在场子里闹着，人都被抓了回去，窝也给扫了。馆子老板查出钉子黑白通吃，让人绑了他老婆孩子，他一不做二不休，在局里全部交代了。关了两个月放出来，怕寻仇，随川特意向上面申请了保护期。

没多久，营南市市秘书长康俭私扣公款的事被人揭发，随川在清查家产的时候，发现金钱往来的票据里，钉子也有参与。他将这事写了说明连带证据一并交了上去，可是迟迟没有动静，去问，只说有人在查，便再也没有消息了。

而哨子，本名蒲韶，是本市最大娱乐场所克林莱公司的总经理。娱乐场所一般分两种经济来源，一是正当消费，二是背地里洗黑钱再运往全国各地从而获利。营南市公安局一直对克林莱有着调查，可是每一次都在接近真相的时候线索中断，只能从头再来。

这次警务人员被全数紧急召回，是因为前不久营南市开发土地修建体育馆之事。建筑工人连夜赶工，连着好几夜都没休息。一名工人在夜间工作时，一不小心踩滑从脚手架上摔了下来，当场死亡。本来建筑承包公司赔了钱，可是工人的家人不肯就此放过，联合被强占土地的老人一起闹到了政府。

那天的聚众抗议，以一位年逾八十的老人突发心脏病结尾。

媒体将这件事曝光，背后以修建体育馆之名私占土地和官员收受贿赂之事也一并牵扯了出来。

社会舆论又来，上面对此事加大关注，要求市公安局各部门人员相互配合，彻查此事。

侦查组一路查下来，发现此事与之前发生的种种有着千丝万缕的联系。

而从康俭家里搜出的往来票据来看,之前所有的事件和断掉的线索都跟十八年前营南市的一起贪污案有关,如今所有新的线索也跟克林莱公司有关。

李爽借着例行检查之名,从克林莱公司名下的一家消费场所里收押了一名管事的人。在滕知许的盘问下,将洗黑钱的流水线摸清。

桑几枝跟滕知许甜甜蜜蜜地吃着午饭。

滕知许新年的到访,让桑爸桑妈对他的存在已经毫不意外,甚至默认接受。他们觉得如果时间上允许,今年把婚事定下来就更好了。另一边,桑春来在无数次拨打莫羡的电话无果之后,几近暴走奔溃。

他们不知道的是,这一切的背后,那棵叫作命运的大树被这片土地灌养,盘根错节生长,早已经将这些人紧紧捆绑在一起。

正月初七的那天,天气晴朗,湛蓝的天幕上点缀着朵朵白云。

街上的人依然很多,大家好像很热衷于在正月里走亲串户的熟络,你来我往的,热闹非凡。

桑春米在莫羡家等了整整一个上午,不,确切地说,从昨天晚上就开始一直在等在门外。

他不知道好好的一个人,怎么就突然失去了联络,短信、电话一个都没有。

他细细梳理，发现好像是从裴念文回来的那一天开始，他就联系不上她了。

已经整整五天了。

一夜之间冒出来的胡楂让他整个人看起来精神萎靡，他瘫坐在门边，微微睁开的双眼直愣愣地盯着楼梯。

早出买菜的楼上的奶奶提着菜篮子，被他吓得一阵惊呼："小伙子，你在这里干什么啊？"

桑春来看了她一眼，摇了摇头不说话。

奶奶看了一眼门牌号，不确定地问他："是不是在等这家小姑娘啊？"

桑春来慌乱地站起身："你知道她去哪里了吗？"

奶奶起初和蔼的面容渐渐沉了下去，像说起自家闺女一般，忍不住叹息："搬走了。初二那个晚上，来了三个男人，不知道在吵什么，里面能砸的东西都给砸了。那姑娘本来跑了，后来回来拿东西的时候被那伙人又给抓着了。第二天就把东西搬走了。"

桑春来听得脑袋发蒙。

"那她人呢？"

"跟那几个人一起走了。走的时候哭得可伤心了，有人拦，拦不住，说是他们自己家的事儿，谁也管不着。"

桑几枝接到电话时，正陪着桑妈在商场里大采购。

两人挑挑选选，在男装区逛了一圈又一圈，好不容易选着件适合桑春来的衣服，正巧来了电话。

"嗯？臭小子，你是修炼了狗鼻子知道这里有你的好就打电话来了是吗？"

电话那头声音急切，听了没两分钟，桑几枝挂掉电话就跟桑妈说要走。

"你慌什么？春来说什么了？"

桑几枝拉着桑妈走出了商场，拦了辆出租车："妈你先回去，我出去一会儿就回来。"

桑妈察觉不对劲，扯住她要关门的手："是不是春来出什么事儿了？"

桑几枝安抚她："不是他，是我一个朋友。我先过去看看，回头再跟你说。"

营南市公安局里。

随川把调档出来的资料放在桌面上，在场的五人面面相觑，如鲠在喉说不出话。

李爽率先打破沉默："老大，这事儿怎么办？"

随川盯着资料姓名栏那一格，眉头越皱越深——那是莫羡的个人资料。

履历上清楚地写着她十七岁那年应征入伍，成绩斐然，在部队里收获了不少的勋章。退伍之后，她报读了犯罪心理学，后来进了市公安局。

特殊的是她的曾用名和特别说明。

莫羡的曾用名"巴艺"，而特别说明里，记录了她在部队四年里迟迟不能晋升的原因——她的亲生父亲巴元白，曾任营南市刑警队长，是十八年前营南市贪污案中被查的头号嫌疑人。

桑几枝在心里默默念读"巴元白"这个名字，在她浅薄的记忆里，是能与之对上号的。

那是幼稚园组织家庭出游的一天，妈妈抱着她去河岸边找正在打电话的爸爸。

河岸两边青草丛生，潺潺的流水缓缓往下游而去。

她扑进爸爸的怀里，爸爸示意她噤声。转身之后，对着电话那头喊着："巴队长，你有你的难处，可是我也有我的坚持，如果你在近期之内不能把所有的公款往来票据存根悉数呈交上去，我不能保证侦查组不会亲自去你家拜访。"

挂了电话的爸爸把她抱起来让她骑在脖子上，她欢呼在空旷的草地之间，并不知道接下来，所有的事情都偏离正轨，苦难朝他们扑面而来……

桑春来心里同样七上八下，他知道只要是关于十八年前那件案子的事，多多少少会牵扯到桑几枝。

他双手合十放在桌案上,手心里渐渐生出冷汗。他不知道该不该继续查下去。

他在乎莫羡,可是他同样不会容忍自己亲手揭开桑几枝的伤疤。

长长的走廊上,桑春来靠在墙壁上发着呆。

窗外景色正好,他失神地想了很多,连身边有人靠近也没发觉。

桑几枝侧着脸看他,坚毅的轮廓更加明显,他穿着一件灰色的毛绒外套,和墙壁的颜色相似。

"在想什么?"

桑春来动了动身子:"没什么。"

桑几枝解开自己脖子上的围巾,拉过他,绕在他清瘦的颈间。

"你不要考虑我,想做什么就去做。我其实,一点都不想成为你的负担。"

桑春来别过头:"你胡说什么!"

"莫羡啊,你想找她就去找,不要去管她身后有什么黑暗,你把她带回来就好了。"她说得风轻云淡,丝毫没有顾忌。

桑春来鼻尖一酸,看着她脚尖点在木质的地板上,发出点点声响。

"你知道吗?我们爸爸啊,以前是做梦都想进国家队踢足球的人,后来因为我爸考上了警校,他放弃了自己的梦想留在爷爷奶奶身边。后来我好多次看见他看着绿茵场上奔跑的男生发呆,他一定很憧憬在球场上驰骋的感觉吧,那是他年少时候的追求和希望啊,因为我爸,他退让了。"

"春来，我不想你像他一样因为我失去你最喜欢的人。而且，我特别讨厌这样的感觉，我会一直一直觉得，我这辈子永远欠着你什么。虽然我本来就欠了你们很多东西了，可是你能不能就当帮帮我，就一次，不要为了我。"

"因为那样的话，我这一辈子都会内心不安，不敢正面直视你。"

跟滕知许吃过晚饭后，两人在天合广场溜达了一圈才回家。

房间里开着暖气，两人脱去大衣坐在沙发上，看着电视里的娱乐节目哈哈大笑。

一阵手机铃声响，接通之后，是桑妈关切的声音："你们吃过晚饭了吗？"

用的是"你们"而不是"你"，说明桑妈已经知道了他们两人住在一起的事情。

她红着脸绕过滕知许去阳台："吃过了，怎么了吗？"

桑妈跟她聊了些无关紧要的琐事，最后才断断续续地说出打来这通电话的目的。

"你妈妈说想要见见你。"

阳台上没有室内暖和，她只穿着一件毛衣，有冷风灌了进来亲吻着她的皮肤，全身发冷。

"喂？几枝你在吗？"

她沉了沉眼睛："我在。"

桑妈接着又说:"我还没有答应她,我想,应该要先问问你的意见。"

她深吸了一口气,手握在冰凉的栏杆上:"我爸知道吗?"

桑妈分不清她说的是谁。

她口齿清楚地表达着自己的意思:"我是我爸养大的女儿,我要去见谁他有权利知道,如果他不同意,我就不见了。"

桑妈的叹息声通过电流传来:"几枝啊……"

她截住话头:"妈,我只有你一个妈妈。"说完,挂了电话。

腰上感受到体温,她被拥进一个温暖的怀抱,有人下巴摩挲着她细碎的头发:"怎么了?"

她回身抱住他,声音哑得像刚学会说话的婴孩:"那个女人说想要见我。"

滕知许点点头,猜到了她说的是谁。

桑几枝抬起头看着他,眼睛里的脆弱将她刚刚的故作强势一枪击毙:"我心里很乱。"

他捧着她的脸,将她下垂的目光拉回与他平视的角度:"有我在,你不用害怕什么。"

他是她的港湾,可是再宽广温暖的港湾也没有办法让她忘却她从大风大浪之中走来后的惊魂不定。

"可是我只要一想到她,就没有办法忘记这些年受到的屈辱,还能怎么谈得上再见她一面呢?"

滕知许将她拦腰抱回客厅沙发，她坐在他的双腿之上，暧昧的姿势让两人之间的呼吸加重。

"桑桑，总要面对的。那些你以为能逃避的事情除非直面将它痛击，不然它会一直跟随着你。"

她眼睛蒙眬地看着他："那你有逃避过的事吗？"

"有。"

"是什么？"

他想了想，深情只增不减的眼睛里映进她整个人："过去几年里我未曾得到的你。"

她撒娇似的埋进他的胸膛："那你要怎么面对呢？"

"用我剩下的几十年，加倍喜欢你。"

桑几枝到咖啡馆的时候，裴念文已经等在那里了。

裴念文化着淡妆，坐在靠窗的位置，举手投足之间，都佯装着自己从国外回来的那股做派。咖啡要美式的，少糖多加奶精，刚做好的指甲晃动着，手持勺子搅动着冒出氤氲热气的咖啡。

桑几枝看着窗外，年假过去，街上已经从热闹变成忙碌，来来往往的人相互穿梭着，彼此之间陌生却又相同。

"你找我干什么？"抿了一口果汁后她问道。

裴念文欣喜地对她表示关切："你上班是不是在这附近？等会儿我买些点心跟你一起上去好不好？"

桑几枝面无表情地看着她："我要怎么跟别人介绍你？我妈？我阿姨？你配吗？"

她针锋相对着，就是要看着裴念文出丑。

裴念文尴尬地缩回想要牵她的手，坐立不安着，不知道怎么接她的话。

"小枝。"裴念文悲切地叫她的名字。

桑几枝站起身，不想跟她过多地纠缠下去。

"你等等。"裴念文从钱包里翻出一张银行卡。

桑几枝拿起卡片，嘴角的嘲讽清晰可见："怎么？打发我还是要赔偿我爸妈这些年养我的恩情？"

裴念文摆手解释："不是的，这是我这些年存下来的钱，以后你要是有急用，可以拿它救急。"

桑几枝把银行卡扔还给她："不需要。"

转身过后，像是不甘心，她补充说："这些钱你拿着自己用吧，万一哪一天你身边的人都离你而去，至少，你还有这些冷冰冰的钱不是吗。"

然后，她看见一身清凉的珀西从门口走进来，径直向她而来，坐在她旁边的位置，挡住她的去路。

"起来。"她毫不客气地说。

珀西让开双腿，玩笑又带着委屈地看她："我可不是你弟弟桑春来。"

"珀西。"裴念文恼怒地看着男生。

珀西并不理会叫住他的女人,而是站起身来,以身高的优势俯视着面前与母亲容貌相像的年轻女生。

他从怀里掏出一样东西,递给桑几枝。

裴念文看清他手里的东西之后一把抢过,却拦不住珀西说话的嘴巴。

"你还不知道吧?在你亲生父亲落马之前,他就已经跟你面前这位女士办理了离婚手续,所以,不要以那种仇恨的眼光看着我们。"

"珀西!"

出乎意料的是,珀西以为会勃然大怒的桑几枝平静地看着他,眼睛里的利刀向他而来,似要把他的身体撕扯开来。

"我知道。"

珀西耸肩:"那你为什么还这么恨她?"

桑几枝指着坐在位置上不动的女人:"因为作为一个母亲,她很无耻。"

珀西笑得全身颤抖:"那你的父亲呢?清正廉明?一身清白?"

不过是个还在上高中的小毛孩,却把桑几枝气得牙齿打战。她推开还在笑着的珀西,头也不回地走出咖啡馆。

她想要替自己的亲生父亲辩解,可是,她知道自己的力量苍白无力。

高考填报志愿的时候，她的身体素质并没有通过警校的考核，所以她选择用另一种方式，想要大众听到她的声音，以及证明她父亲的无辜。

可是，她一直努力，却毫无成果。

午休结束之后，桑几枝站在李总的办公室前踌躇好久，终于推开那扇门。

她想，现在开始也不会晚。她想，沉冤昭雪就是要等一个时机。

现在，是最好的时候。

她成功地在李总那儿拿到关于体育馆的采访权，一步一步，接近真相。

她要跟滕知许一起并肩作战。

【第十八章】
DISHIBAZHANG

她想要眼前的人少一些烦恼，多一点开心。

营南市公安局里依然忙得热火朝天，相比之前的不同，是门外涌来了一批记者。

消息本来封锁得很彻底，除了内部人员根本无人知晓。

可是网络上一个名不见经传的新闻小网站，对此事做出了大篇幅的文字阐述。一时之间，各家媒体蜂拥而上，都渴望自家能拿到一手资料。

因为时间紧迫，大多警员匆匆来到食堂之后打包就走。本是人挤人的时段，偌大的食堂里人却少得有些可怜。

滕知许将餐盘里的炒肉拨到桑几枝的碗里，看她吃得正香。

"是你做的，对不对？"

桑几枝抬起头含糊着问他："什么？"

滕知许指了指依然蹲守在大楼外的人："外面那些记者。"

桑几枝吃完最后一口饭，露出狡黠的笑容："既然要查，我们就查个彻底。"

她的脸上粘了饭粒，滕知许摘了下来，在她的注视之下，想也不想扔进自己的嘴巴里。

"喂！"声音娇俏含羞。

众目睽睽之下，他可真不害臊。

滕知许毫不在意，继续吃饭，剥了壳的水煮蛋夹进她的碗里："把这个吃了。"

"饱了。"

滕知许索性自己夹了起来，递到她嘴边："你不吃我可亲你了啊。"

桑几枝发现，滕知许倔起来的时候，是有着比刀枪不入还厚的脸皮和坚持。

就好像当年他回乡下，爷爷留下的整整三亩地，他一个人挑水施肥，干涸了十多年的土地终于长成绿色一片。

只要是他想做的，谁也不能阻止他。

桑几枝妥协了。

不是因为被迫和无奈，而是因为她想要眼前的人少一些烦恼，多一点开心。

因为大批记者的来访，营南市公安局内外加大了侦办力度，一刻不得容缓，吃住都在办公室里。

桑几枝给桑春来送来衣物和生活用品时，发现他瘦了好多，工作的压力和爱人的失踪，把他压得直不起腰来。

桑几枝拍着他的肩："别太担心了，一个大活人，她还是个警察，就算真出了什么事，她还有自救的本领的。"

桑春来摇摇头："姐，你说到底谁会把她绑走呢？"

桑几枝猜不到。

他们在这张巨网里挣扎、跌倒爬起，反复几次，可是他们根本不知道编织这张让他们跌跌撞撞的巨网的人是谁。

会议结束之后，李爽特别不能理解地问随川："老大，你说咱们死盯着十八年前那件案子有什么用？当年的案结早就下来了，咱们现在不是多给自己找事儿嘛。"

随川摇头："我不赞同。你想，不管是钉子当时作为我们的线人却临时被撤销保护，还是我随后递上去的关于康俭的票据石沉大海，最后这些事情都像是被抹去好似不存在一样。"

滕知许扣上资料柜："你是说，有人在我们看不见的地方暗暗操控这一切？"

随川放下茶杯："对，而且，官职高不可攀。"

李爽还是不懂："说来说去，跟十八年前的案子有什么关系？"

滕知许拿出马克笔在白色板面上迅速画出了一个人物关系图，

钉子、哨子、康俭、克林莱公司,统统在列。

桑春来仔细盯着板面,标注的各类信息几乎将板面占满,他锁眉补充:"不对,还有。"

随川看着发声的桑春来。

桑春来站起身,拉过另一块板面。他的关系图没有滕知许的详细,但是一目了然:

营南市前刑警队长,巴元白,十八年前贪污案的头号嫌疑人。

营南市前侦查组组长,桑海,十八年前贪污案的受贿人。

不止,随川往上又添上两笔:

窦志樊,一直担任市公安局档案室的管理员,直到八年前退休,却被发现死在了某个黎明降临前的清晨。

还有,身在监狱却依然操作洗黑钱生产线的哨子。

所有的疑点像毫无逻辑排列在一起的数字一样,他们暗暗发愁,也渐渐接近真相。

楼外的记者少了近一半,纷纷赶往了营南市的殡仪馆。

今天是那个建筑工人的下葬之日,本来应该死者安息,可是有些记者眼见在市公安局探不到消息,转移阵地想要从另一个方向向大众披露相关部门的不作为。

随川听从殡仪馆回来的同事说,现场死者家属和媒体闹得不可开交,连政法委书记汪兴怀也亲自到场悼念已故之人。

现场的新闻记者将大门出口围得水泄不通，摄像机、话筒统统直面汪兴怀。

李爽皱眉："他老人家跑去那里做什么，这不是存心添乱嘛。"

滕知许神色平淡："当初修建体育馆是汪政委提出的。"

"又不是他杀的人，况且以他的身份，哪用得着亲自去？"

滕知许看了他一眼，不再说话。反倒是随川，一手资料拍翻在桌上："身份比得上人命吗！"

李爽收了声不敢说话。

这时，桑春来突然站了起来，椅子摩擦木地板的声音刺耳。他声音颤抖："找到了！"

"找到莫羡了！"

桑春来接到莫羡的时候，她只穿了一件单薄的睡衣，赤着脚站在马路边的灌木丛里。

她的嘴唇被冻得发白，脚背手背已经发紫。

桑春来一把将她拢进怀里，心疼得眼泪都要掉下来了。

他爱着怀里这个女人，却不能保护她，这是让他觉得最无能为力的事。

随川将备用的军大衣给莫羡裹上。

不过是半个月的时间，上一次见面是年假前，莫羡还高高兴兴地跟他说等开工第一天向他讨红包，千万不要小气包得太小。

永远男孩子气的女生,忽然沉寂下来的那一天,一定是她们受到最大耻辱的那一天。

李爽借食堂的厨房煮了碗姜茶端回来:"妹子,快些喝,身子才暖和。"

莫羡没有接,她的手指冻得僵硬,根本无法动弹。

桑春来接了过来,放在嘴边吹了吹,轻轻叫她:"莫羡。"

莫羡抬起头,她眼睛混浊,仔细地辨认眼前的人是谁。

桑春来扯出一个难看的微笑:"是我啊,莫羡,我是春来。"

莫羡毫无表情的脸上终于有了变化,她先是笑,随后突然哭出声来,号啕,嘶吼。她的手在半空中愤怒捶打,击打着空气,用尽全力,把自己也甩了出去。

桑春来抱住她,两个人滚在了地上。

李爽本能地伸出手拉着他们:"哎呀,这是咋的啊?"

随川挥了挥手,示意大家先退出去,让他们两个人单独待一会儿。

房间里只有两个人。

他们依然躺在地上,开着暖气的空间里温度足够。

桑春来把莫羡搂紧了些,再搂紧些。

她哆哆嗦嗦着依然颤抖。

他的下巴抵在她乱糟糟的头发上:"莫羡,你别怕。"

好一会儿之后,莫羡才渐渐安静下来。

她不是害怕，只是庆幸自己回来这个干净的世界。

她抬起头，正好对上桑春来的眼睛。一个静悄悄的吻落在桑春来的下巴上。

她解开军大衣，在睡衣里掏了掏，掏出一个指甲盖大小的U盘。

她张了张嘴，察觉到自己的哭腔索性又闭上。

她容许自己软弱，可是她不能一直软弱。

她有爱人，可是她绝不要因为同情得到爱。

久久后，她笑着说："我要开始拯救这个黑暗的世界了。"

莫羡一直是一个人住，她的妈妈在她高二的时候就已经去世了。

她的爸爸，当年风光无限的爸爸，在她五岁那年，因为贪污受贿，终于落马，蹲了监牢。

妈妈是个硬气的人，不顾姑姑的劝解，带着她离开了巴家。

后来她才知道，那个家里是个什么样吃人的魔鬼地方。

巴家商仕均沾，她的父亲走仕途，姑姑经商。本就尴尬的关系，他们面面俱到，故作清白，其实背地里，早已经暗暗勾结。

当年她的爸爸落马，事实证据俱全。姑姑为了保住自身，帮着伪造证据，将一直调查此事的侦查组组长桑海牵连进来。

大年初二的那个晚上，巴家本意是请她回家团聚，可是她不愿意。

姑姑尽管在外雷厉风行，对她却一直心有愧疚。可是忍了这么多年，终于按捺不住，令人将她"请"了回来。

她在巴家的时候，被人细心照顾。姑姑对她百般好，可是她不喜欢，她厌恶这一切。

那天姑姑不在家，她偷偷跑进书房，电脑里的资料，是从十八年前到现在跟姑姑所有有过往来交易的人。公司的生意蒸蒸日上掷金无悔，都是因为这些年来，跟克林莱公司一直有合作关系。

打扫的阿姨打开书房的时候，莫羡刚关掉电脑。在巴家工作了好几年的阿姨，依着这家里的规矩，防人之心不可少。她丢掉打扫工具就要给姑姑打电话，莫羡光着脚，跳下窗户，逃了出来。

U盘里的名单不下十页，都是收受过贿赂的姓名。有企业公司，有官员，只是简单排列的这些字，让办公室里的几人震惊得说不出话来。

随川将所有资料打印出来，整理的时候他的手指细细摩挲着U盘，又插了回去。

李爽把资料送去了扫污组。

扫污组就是为了彻查此事而特意成立的专案组。

扫污，扫清整个营南市所有的污秽。

"所有的资料都在这里了，你们可别搞丢了。"李爽站在扫污组办公室门口时，吓得人不敢出声。

接过资料的是从重案组调来的老五，跟随川是同期，他问："怎么，没备份？"

李爽恨得牙痒痒:"别说了,实习生毛手毛脚的,U盘落了水,所有数据都毁掉了,能不能修复回来还不知道呢。"

到底是有了多年工作经验的人,老五一下子也沉了脸色:"没用的东西。"

李爽一脸不爽地走开,回头跟老五说:"你可别出错啊。"

老五保证地说:"放心吧,我你还不相信啊。"

随川坐在办公室里,闭目静静等待着。

李爽走进来:"老大,交上去了。"

"说了吗?"

"说了,我说实习生毛手毛脚不知轻重,什么都没了。"

桑春来看过来,又转回头去。

随川点点头:"好,那咱们就等着。"

滕知许站在窗边,刚刚还在大楼外的桑几枝早已经不见了踪影。

记者依然很多,一副拿不到消息就扎根在此的姿态。

窗外有棵百年的老树,枝干蔓生,树叶枯黄。

他拉过伸进窗户的枝丫,淡淡地说:"真相不止一个,有多少人见证过就有多少真相,如果不相信历史的话,就亲眼看世界吧。"

随川起身站到他身边:"那我们就拭目以待,看看这虚假黑暗的世界能不能躲避过光明的刺探。"

桑春来搂住熟睡在桌案上的莫羡。

她以前说："我所有的顾忌和克制，都是来自于我的懦弱。"

从小就没有得到过的安全感，像一张与世隔绝的屏障，把她和这个世界生生分割开来。

她并没有做错什么，她生于黑暗，却向往光明。她无法决定自己的出身，可是她在很努力地争取自己的人生。

桑春来摸着她的脸，她醒了过来。

"莫羡。"

"嗯？"厚重的鼻音。

桑春来笑起来："我爱你。"

我爱你，是我的独白，是想你听见的心声。

是我生于世界，落地成长，一步一步，靠近你的原因。

我爱你，对你的承诺，是我裸露出的胸膛。

是你愿意接受，亲我吻我，一点一点，仅仅如此而已。

莫羡靠在他的肩上，她能感觉到，她的勇气在加倍生长。

她终于可以不用一个人独自面对所有的不堪和耻辱，她愿意清白赤裸给他看。

因为她知道，她是冰冷的机器人 18 号，有个永远笑嘻嘻的小光头库林，给了她一颗心脏，她得以重生。

吃过晚饭，桑几枝坐在沙发上整理着最新的新闻资料。

没有相关的采访视频,她需要用更加坚定客观的话语来向大众报道事实。

滕知许把电视声音关小,在她和电视之间流转目光。

"不要再看了哦,我会生气哦。"桑几枝头也不抬地警告他。

滕知许不理她,这下反而让她生了好奇。

她抬起头没有看见滕知许,在客厅里巡视了一圈也不见人,她赤着脚站在地上。

她喊:"滕先生?"

没人应。

"滕先生?"

突然间被拦腰抱起。

她的粉拳砸在他的身上:"你干吗?"

"地上凉。"

她被放在沙发上,一床空调被盖在她的脚上。

她的脚很小,脚背的地方有块伤疤。滕知许小心地摸着那里,桑几枝痒得身体后退。

"这里是怎么回事?"

桑几枝拍到他的手:"小时候放烟花给炸的。"

他脸上布满愠色:"你光着脚放烟花吗?"

她点了点头:"是啊,我跟桑春来比赛,看谁不怕冷,后来就给炸了。"

滕知许的脸色越来越难看,他甚至能想象出两个小蠢蛋你追我跑的画面。

"你是猪吗?"

桑几枝捏起拳头:"你说什么?"

滕知许控制住她抬在半空的手,心疼地说:"没见过谁这么蠢能把自己炸伤的。"

桑几枝翻了个白眼:"我没说是我自己炸的。"

滕知许文她:"桑春来?"

桑几枝点点头。

"死小子,明天我帮你报仇去。"

桑几枝大手一挥:"不用,我当场就把他给揍哭了,我擦药的时候他跟着一起,脑袋上肿了好大个包呢。"

滕知许捏着她的脸:"难怪呢,问题女侠这个名字可真是配你。"他的掌心贴着她伤疤的地方,那里微微燥热起来。

她推开他:"我还做正事儿呢。"

滕知许扁嘴看她:"我做的就不是正事儿了吗?"

桑几枝知道他又在撒娇了,装作很正经的样子问他:"那么请问滕先生,你在做什么正事儿呢?"

滕知许两只手握住她的脚,轻轻地揉搓着。

"我在疼媳妇儿啊。"

【第十九章】
DISHIJIUZHANG

名与利，都在一念之间。

新闻网站里，浏览的人数如海啸般增加，民间的议论也在逐渐发酵。

置顶的文章里，以第三人称讲述了一个故事。文中提到的城市最近正在修体育馆，巧合的是，一名建筑工人当场死亡。更有意思的是，当地的政法委书记亲自前往吊唁，有人称颂他大爱民众，一群人吹捧之间，却有一个人发出了不一样的声音。

"官民之恨，恨天，恨地，恨我死于你之手，你佯装笑脸，为我做寿衣，唱哀调。你功成名就，直上青天。可怜无人听我言，诉我衷肠。"

有人将此文中做了详细批注，特别是最后的心声，反向解读，意思明显不过。政法委书记的吊唁不过是为了在媒体和公众面前提升自己的盛名——爱民如亲。

　　这大概是网站中第一次出现如此有意思的文章，于是此前那些只是过路不留痕迹的网民这次纷纷动了动小手指，转载发布，点击量瞬间一路飙升。

　　没一个上午，已经达到数十万的阅读转载量。然后，有人发现，文中叙述的案件就是营南市前两天的真实事件。

　　网友添油加醋，营南市的麻辣论坛里，顿时又炸开了锅。

　　上一次如此沸腾，还是因为康俭的检举事件。

　　帅锅就是我：占坑。看楼下怎么说。

　　美美就是妹妹：哇，前排。我先说，上一次就是有知情人爆料，这一次直接发动网民，看来是件大案。

　　778899：汪兴怀本就毫无作为，每次邀功最快，收钱最多，这种人早就该爆出来。

　　无法无天：哇，楼上惊险爆料帝，还有什么消息给透露透露啊。

　　778899：当年贪污受贿的事他躲过了，这一次，怕是没那么好运咯。

　　……

　　网民一路刨根问底，甚至探出了十八年前的贪污案。

　　当年为了打击拐卖儿童的人贩子，营南市宣告要强力追查儿童买卖源头。经过半年的时间，终于抓捕了罪犯。

　　审问的时候，刑警队长巴元白亲自操刀，在得知整条流水线后，怒不可遏，当场摔桌走出了审问室，随后向上申请要严惩这些人贩子。

当时此事经过新闻的报道，大肆宣扬巴元白的关爱民众之心。可是不久，就有人发出不同的声音，爆料巴元白贪污受贿的事情。巴元白为证清白，主动将家产上交，负责此案的侦查组组长桑海查无所获，此事终了。过了两月有余，巴元白和桑海一同入狱，说到原因，是因为侦查期间，桑海私收巴元白贿赂。两人革职办理，法庭宣判，巴元白撤销一切职务，处以无期徒刑，桑海秉公不正，处以二十年刑期。

而当时牵连出的人不单单只有巴、桑两人，当年职列经侦大队长的汪兴怀同样在受贿名单内。可是最后发布的受贿通知里，却再没有汪兴怀的名字。

后来，汪兴怀的名字再出现，是在各大新闻采访里，今日关注民生动态，明日讲谈反腐的茶座会。他活在盛名之中，频繁活动着，想要一点一滴地抹去当年出现在受贿名单里的痕迹。

可是，有些事情，没人讲并不代表已经过去。

潺潺的溪水也会有汹涌而来的时候，一切，都会真相大白。

那天早上，随川和李爽一同去扫污组。

老五面有难色地看着随川，一嘴巴子打在自己的脸上："你看看我，还特意叮嘱别人要好好看管自己，你说这下可怎么办啊。"

那份关于贪污受贿的名单，被老五弄丢了。

随川冷着脸色看他，进来市公安局里的这些年，他们好像都变了些样子。当年各自有远大期许的两个人，本来朝着一个方向前进，可是不知道从哪一刻开始，两个人的距离越来越远，直到方向不同。

"你还记得我们进公安局时的宣誓吗？"

十平方米的办公室里，坐着三个人。阳光将房间照得通亮，黑暗无处遁形。

老五张了张嘴巴，说不出话来。

随川坐在老五对面的位置，目不转睛地看着他："李爽，告诉他！"

李爽站直了身子，周身的肃穆笼罩着他。他声音洪亮，一字一句，口齿清楚："绝不玷污，绝不触犯，绝不辜负。"

房间静寂，老五动了动手身子："老随，你这是什么意思啊？"

随川拿起老五桌前的牌子，上面写着——扫污组组长，伍良骏。

《中论·治学》里说："马虽有逸足而不闲舆，则不为良骏。"

后半句又说："人虽有美致而不习道，则不为君子。"

随川问他："你坐在这个位置上，每天能睡得着觉吗？"

老五怒色现于脸上："随川，你到底什么意思？"

李爽疾步上前揪住老五的衣领："谁让你这么干的！"

"老子干什么了？"

拍桌的声音引来了办公室外面的人的注意。

随川挥手示意李爽松开他。

李爽暗骂了一句，退了回去。

随川从衣兜里掏出一份材料，是一张搜查令。

老五看清之后，整个人瘫坐在椅子上。

"李爽，动手。"

等在门外的桑春来听到此，走了进来跟李爽一起把办公室里所有的资料全部打包封存。

随川站起身，面对昔日的同学，面色凝重："走吧，滕知许在等你呢。"

当天下午，伍良骏被撤销职务的消息传遍了整个市公安局。

伍良骏坐在审讯室里，眼睛无光地看着墙上小小的一扇窗户。

他跟随川同期进入市公安局，两人在基层的时候相互扶持，一起抓贼一起扫荡娱乐场所，每次行动结束之后坐在凌晨的夜宵摊里，一箱啤酒下肚之后各回各家。

后来，随川跟着他师父破案，几年走来，摇升侦查组组长。

可他呢，毫无变化。所以他走捷径，拉拢关系，踏进黑暗的禁区里，从此黑白之间颠倒生活，再也不能亲手触碰光明。

这次担任扫污组的组长，是因为提拔他的人也赫然名在受贿名单之中。他被抛出来善后，却终于变成箭靶子，一生都与黑暗相依。

处理完伍良骏，随川向上提交搜查的材料。

这一次，他再也不委于人手，全部流程都自己跑。谁若敢怠慢半分,下午就会收到一封停职查看的通知,所以一路下来,只用了不过半天的时间。

牵扯的官员之多,远远超过了名单上的。

随川和滕知许互相配合,收进审问室一个,滕知许便审讯一个。

那些曾经高高在上的官员坐在犯人椅上不变脸色,他们甚至拍案高声宣称自己的丰功伟绩。

滕知许面无表情地看着他们,他们可怜如蝼蚁,现在在他的手上,只要轻轻一捏,就能让他们吐尽真言,然后将他们绳之于法。

汪兴怀接受审问的时候,他颤抖着双手拿出这些年他获得的勋章,他哑着声音一个个念出声,盛名之多,是好多人这一生都不能得到的。

滕知许让人将他这些勋章收了起来,走到他的面前。

汪兴怀已经六十四岁了,头发见了白,可是面容精神,看起来不过五十出头的样子。

滕知许双手撑椅,从上往下俯视着他:"十八年前,到底是怎么回事?"

名与利,都在一念之间。

当年桑海彻查巴元白贪污受贿一事,所有的证据都对巴元白有利,桑海甚至已经有了向上面提交巴元白的家产数额以示其清白的想法。

可是有个地方,他总也想不明白。

从巴元白抽屉里翻出的一沓票据里,数额轻,可是往来多。都是些无足轻重的娱乐消费开单,唯一让人觉得奇怪的,就是这些票据都开自克林莱公司。

一次例行检查,桑海发现巴元白跟克林莱的往来尤其密切,他从克林莱公司下手,终于找足了巴元白受贿的证据。他们将大数的金钱洗成各类消费单,平均分摊一点,就成了小额消费,一些制成了开单票据,一些流入股市,看起来清清白白毫无破绽。

然而桑海没有想到的是,他还没有提交的家产清单已经被巴元白买通的小警员送去了上级。

他暴怒,回家之后,跟妻子说起这事的时候他甚至气得双眼充血。他这一生,为了公正放弃了多少东西,牺牲掉了自己弟弟的自由,就是想要对得起那短短的十六个字——绝不玷污,绝不触犯,绝不辜负。

他约见巴元白,压上自己的身份要求巴元白尽数上交所有的往来票据。

但他没有想到的是,那天除了巴元白,汪兴怀也来了。

汪兴怀是巴元白请来的,他们以拉拢桑海之名,提出了更远大的仕途条件给他。

桑海拒绝了。为了公正,他连现在的侦查组组长之名都可以丢弃,更不要说那些不属于他的,看起来更加风光无限的官职。

谈判没有成功，汪兴怀一脸怒气地看着巴元白："如果这事儿解决不了，你这刑警队队长也就不要做了！"

巴元白不怒反笑："他要是真的想我死，我也会拉着他一起的。"

会面这事，被巴元白安排的人录制成了视频。他想，要么安全退身，要么鱼死网破。

汪兴怀走在巴元白之后，同样藏了一手。

那段视频，最后落到汪兴怀的手里，他刻意剪掉了有他的画面，以调查之名将视频向上提交。

巴元白着了他的道，无辜的是，桑海受此牵连，背上贪污之名。

汪兴怀背水一战，险胜一招。所有对他不利的证据都被他销毁，剩下的，原罪通通指向了巴元白和桑海。

滕知许拉线成图，一样一样，所有的不解之谜都从汪兴怀的嘴里得到了答案。

莫羡拿回的U盘里的在职官员，面上交集不多，在官场上见面时仅仅点头握手的交情，在克林莱却密不可分。他们流连在莺歌燕舞的舞池里，怀里搂着姑娘，手里端着最昂贵的红酒，推杯换盏之间，黑暗滋生。

克林莱就是他们的中转站，那些贪污私扣的公款来了这里，不出一月，皆变成正正经经的往来交易。

官场交往，有人在心，有人在利。一头牵着一头，一头愈多，一头见少，可是黑看见明，明却摸不到黑。

桑海就是那一抹最无辜的光亮，他以身试黑，虽不想与黑为伍却被迫牵扯。

他一个人，只有微弱的光亮，怎么扯得出成片的黑暗。

"那窦志樊呢？他只是一个档案室管理员，为什么哨子要杀了他？"随川突然发问。自从进入审讯室后，他一直静静地站在滕知许身边。

汪兴怀迷蒙地抬起头："你说谁？"

随川重复："窦志樊。"

汪兴怀摇摇头："小窦啊，小窦留不得。当年就是他帮我销毁证据的，可是他太无耻了。要钱我可以给他，可是他贪心，以为孩子治病为名一次一次威胁我，肯定留不得。"

随川冷哼："无耻？贪心？他的无耻和贪心在你的面前能占上几成呢！"

汪兴怀不看他，只是伸出被手铐铐住的双手："所以我被你带到这里了啊。"

滕知许继续问："你为什么现在才下手？"

汪兴怀弓着身子，双手被固定在犯人椅。这张椅子他当年也坐过，当年他能全身而退，可是现在不行了。

"那是因为你啊，小随。"

滕知许看了随川一眼，眼神隐在黑暗里。
"说说怎么回事。"
汪兴怀老老实实地开口："我看着你和老五一步一步走过来的，你说一不二，不像他贪，只要我勾勾手指，他就会像条狗一样跟着我。可你呢，康俭的案子，你非要查，我使绊子，你不罢休。你不知道吧？你找上我之前，我本来想着，你也留不得了。"

随川想起来，康俭的案子之后，他入地无门，于是上门寻求汪兴怀解惑。
汪兴怀送走他之后，窦志樊从里间走出来，威胁汪兴怀不帮他的话，就把所有的事情都告诉随川。汪兴怀给了钱，窦志樊高兴地走了，当天晚上补足了儿子手术的医疗费，手术结束之后医生说情况好转。他开心地在回家的路上买了两瓶酒，眼看着居住的小区就在眼前，可是他再也不能走到了。
滕知许继续问他："那哨子呢？"
汪兴怀呵呵笑起来："你们抓到的，确实是杀窦志樊的哨子，可是我没说这个世界上只有一个哨子啊。"
黑哨和白哨是俩兄弟。黑哨习武，白哨从商，杀窦志樊的是黑哨；可是克林莱真正的老板，是白哨。

随川看着笑得睁不开眼睛的汪兴怀，所有的愤恨在这一刻抑制不住。他站起身解开汪兴怀身上的禁锢,双手控制不住地揪起汪兴怀的衣领将他压制在墙壁上。

"你对得起你的良心和正义吗!"

狭小的空间里,声音反复激荡。

汪兴怀瞪大了眼睛,反问:"良心能当钱用吗?能让我过上锦衣玉食的好日子吗?"

在随川松开他的那一刻,他瘫坐在犯人椅上,双目失神地说:"我当年也坚信正义,可是没用。这个世界上,什么都没钱管用。"

在他年轻的时候,也热血过,想要为这座城市遮风挡雨。可是他发现,做过什么做出什么都不重要,没人关心你为了保护这座城市受了什么苦付出了多少精力,他们只想着怎么往上爬。

所以他想,那就往上爬吧,爬高一些就能被人看见了。

然而一步错,步步错。他现在爬到了很高的位置,可是接下来,就是该摔下来的时候了。

这一摔,粉身碎骨,挫骨扬灰。

随川握紧拳头,电光石火之间向汪兴怀砸去。汪兴怀吓得闭上双眼,一声闷响炸在耳边,然后他听见随川的抽泣声。

"当年是你告诉我绝对不要做对不起身上这件警服的事的啊!是你鞭策我要时时记得警训永远不要知法犯法的啊!"

汪兴怀摇摇头:"孩子,你做得对,所以我毫无怨言。"

随川松开他,高大的身躯微微颤抖,他拉开审讯室的门,站在逆光的位置里,努力抬高头,背对身后颓倒的汪兴怀哽咽道:"师父,我活到今日,在你身上学得最通透的一件事,就是'做不到的事情,永远不要教给别人'。"

　　那一年随川不过二十一岁,都说师父领进门,修行靠个人。可是他的师父遥遥在上,他迫不及待地想要追赶缩短他们之间的距离。到现在才发现,那个他视作目标的终点,肮脏得不堪入眼。

　　审讯室里,只剩下滕知许和汪兴怀。

　　滕知许坐在审讯室里面色如水,似乎什么都无法让他动容。汪兴怀望向他,说:"滕知许,我这辈子,做得最错的一件事,就是曾经生起了让你加入公安局的想法。"

　　他早就已经领教了滕知许身上神乎其神的能力,那时候他以为他能将滕知许收为己用,可是他没想到,最后落败在他曾经最想到得到的人身上。

　　"滕知许,你控制人心的能力,才是这个世界最残忍的刽子手。"

【第二十章】
DIERSHIZHANG

我依然是你的铠甲，可是你终于有一天，为了别人，举起了刀。

一切尘埃落定。

汪兴怀坐在灰暗的监狱里等待着对余生的审判，克林莱公司被查封，营南市最大的娱乐消费场所一夜之间变得空荡，这栋大楼之后，还有许多高高在上的官员同样被拉下天堂。

一起工地赔偿案牵扯出一桩营南市十八年前的贪污案，网络上有不少媒体对此进行了深度解析。有人说这是一座城市的悲哀，也有人说这是黑暗永远抵挡不住太阳照射的最终结果。

桑几枝对文章下的评论从不回复，那高达五位数评论楼层里，有近半的人询问她是不是跟这件案子有关。

她关掉页面，坐在窗台边发了好久的呆。

一直到夜幕降临，滕知许回家，她依然埋头坐在那里。

滕知许走近她,动作轻柔地将她整个人圈进自己的怀里。冬夜里的风灌了进来,他忍不住再贴近她一些。

"在想什么?"

她的呼吸浅浅的,安静的样子带着南方女子的温婉。

"事情都处理完了吗?"

滕知许点点头,伸手将窗户关紧。

她伸出手,带着点点的撒娇:"抱我。"

滕知许一把将她捞起,动作粗鲁地把她扛在肩上,手轻轻拍着她的屁股。

"你打我干什么?"

肩上的人扭动着,手上拉扯着滕知许的衣服,衬衫已经被她拉扯得半脱下来了。

滕知许将她放进沙发里,压身禁锢住她还在半空中挥动的双手。

他凑近她的耳边,声音蛊惑:"咱们现在是不是该谈谈关于我们两个的事儿了?"

桑几枝推开他,坐直着身子,拿起一个苹果就要咬。

滕知许拦截下来,去厨房洗干净了才拿给她。

她一口咬下去,超级甜。

"我们两个有什么事儿?"

滕知许凑上前在她咬过的地方挨着咬了一口,确实很甜。

"结婚的事儿。"

桑几枝这下老老实实坐在位置上，苹果也不吃了。

她想了很久，抬头问他："我们还不到半年。"

滕知许拉过她在她发间亲吻："我知道，可是我等不及了。我已经等了很久很久了。"

在他第一次见着桑几枝的图书馆里，周围安静，她的小动作尤为明显。

他看见她每次的脸红和欲言又止。她喜欢一个人的时候，什么表情都藏不住，开心的、失落的、关心的、不舍的，在她的那双眼睛里传达得淋漓尽致。

是他这么些年来，见过的最干净的一双眼睛。

可出乎他意料的是，那个看起来无忧无虑的小女孩，好像有着跟他一样的人生。

滕辅深作为学校重点培养对象要求和家长进行面谈，他是被滕辅深拜托去的。办公室里，除了他，还有闯了祸的桑几枝和被老师叫来的桑爸。

他坐在旁边桌子的位置上，听着老师数落桑几枝的各种不是，说到最后老师有些口干舌燥，一句结尾："你们做父母的平常也多关心关心孩子，平日里无法无天得跟没爹妈管教一样。"

等意识到哪里说得不妥的时候，桑几枝已经把背上的书包摔在地上，跑了出去。

老师跟桑爸道歉,桑爸挥挥手,叹口气,把桑几枝的身世都跟老师说了。

挡在一沓资料后面的滕知许静静听着,眼睛渐渐暗了下去。

他第一次,萌生想要跟一个人在一起的想法。

因为相似的可怜,因为她的倔强,还有她看着他的那双眼睛,让他看到光亮,忍不住想要靠近,然后问她:"你愿不愿意跟我共用一个人生?"

……

听他说完那些陈旧的往事和回忆,桑几枝忍着要冲出来的眼泪拉开他,抬高脸故作自豪地说:"原来那个时候你就喜欢上我了啊。"

滕知许没有反驳,回她:"是啊。"

他觉得很幸运,终于遇见了她。没有早或晚,没有对与不对,就是那么毫无意外地、没有预兆地遇见了。

他不怨恨在遇见她之前那段黑暗人生,因为很长的极夜之后,迎接他的是永远的白昼。他在遇见她之前,很努力很努力地熬过来了,所以,他不想等了。

他想给她一个家,只有他们两个人,白天的嬉笑打闹,黑夜里的相互依偎,烟火的气息弥漫整间屋子。

那是属于他们之间,最圆满的人生。

汪兴怀案子的一审之后,滕知许呈交证据将当年桑海被陷害一事特作说明。市公安局召开紧急会议,在经过一整个下午的讨论时间之后,马不停蹄向法院提出复审。

被诬陷了整整十八年囚禁在黑暗里的人,终于沉冤得雪。

那是个冬末春初的日子,大地回暖,草木萌动。

桑爸将衣柜里压箱的西装收拾出来,被桑妈熨得服服帖帖。两人高兴地站在镜子前照了不下数十次,出门的时候笑得合不拢嘴。

车子一路往荒无人烟的地方开过去,等到达目的地的时候,两人反而紧张得双手不知道该怎么摆放。

那一面十米高的白色围墙,用白色的油漆写着大大的"监区重地"四字,蓝色的门上已经掉落了不少漆迹,看起来萧瑟落魄。

桑春来站在车门前,看着车里相互推搡的两人说:"姐来了。"

一辆星光黑色的 SUV 停在他们的车后,只是车里的人同样也迟迟没有下车。

桑爸在桑妈的推搡下被挤下车,双脚落在地上时,厚重的灰尘沾染上他刷得发亮的黑色皮鞋。

他弯下腰清理,不怎么合身的西装勒得他有些难受。他将西装领带扯了扯,刺耳的声音从他的正前方传来。

那是一阵沉闷难听的铁器摩擦的钝响,钝响之后,一个并不稳当的脚步声慢慢传来。

桑爸没有动弹,桑春来上前想要扶他起来,却清晰地听见水滴砸进灰尘里的声音。

那人步子走得很慢，好像已经很久没有再走过这么长的路了，他的脚上穿着款式已经很老旧的皮鞋，鞋边的漆皮已经坑坑洼洼，翘起边。

桑爸盯着那双鞋，像个十来岁的孩子般哭出声来。

他还记得他人生的第一双新球鞋，就是眼前这个人送的，用的是当年最好的鞋皮料子，做了好看的花纹样式，大牌子，刚好是这个人一个月的工资。后来那双鞋被他小心包裹好放在床底下，这些年好多个睡不着的夜晚，他将那双球鞋翻出来，皎洁的月光映在上面，熠熠生辉。

"哥！"

他抱住眼前的男人，他看见花白的头发，生出的皱纹和笑着的脸，内心如刀割般疼。

而坐在车里的桑妈哭化了妆，还有后面那辆车里，看着紧紧抱在一起的两个人的桑几枝。

长久对父亲的陌生在这一刻被风吹散，她依然清晰地记得男人年轻的时候将她架在肩膀上飞奔在草地里的模样。

"爸……"

那天晚上，桑爸醉得不省人事，他拉着桑海说了好些话，说得语无伦次，一边说一边哭。

桑妈说，她从来没有见过桑爸这个样子。

晚饭之后,桑几枝送走滕知许。而后她在楼道里站了许久,时时熄灭的灯光被她一次次喊亮。

她突然觉得,好像没什么关系。

那些她觉得委屈的、让她深陷苦楚的事情,在今天都变得毫无关系了。

她打开家门,已经是凌晨。

等她洗漱好准备回房间的时候,被人叫住。

面前的男人两鬓已经花白,她记忆里宽厚的肩膀消瘦得撑不起老旧的西装,可是他的眼睛依然有神。

"枝枝,有没有恨过爸爸?"

一句话让她忍不住鼻头发酸。她摇头:"为什么要恨呢?你没有做错什么啊!"

桑海伸出手,想要摸摸她的头发。恍惚间,他的小女孩已经长大,而他,这么多年一直缺席她的人生。

"那个滕知许,你爱他吗?"

桑几枝看着他,终于知道哪里不一样了。

桑爸不会这样问的。

那些明白你、懂得你的人,只要你的一个眼神就会知道你的所有想法,不需要语言、不需要确认。

桑几枝挨近他:"爱啊,很爱很爱。爸爸,你会支持我吗?"

桑海怔在原地。

桑几枝抱了抱他："我觉得，我跟谁恋爱，跟谁结婚生子，不一定要全世界知道。可是我想，你是最有权知道的那个人。"

"爸爸，原谅我这些年没有去看过你。可是我一直很爱你，所以现在我最想得到的那一份支持，是来自你。"

桑海别开她凌乱的头发。他知道。当年他特意交代自己的弟弟，千万不要带桑几枝来看他。她只是个孩子而已，不用懂得那么多的世间险恶，好好生活，才是他对她最大的期望。

"傻孩子，你做什么爸爸都会支持你的。"

滕辅深来的那一天，下了初春的第一场雨。

桑几枝将阳台上的绿植往里面挪了些，又将藤椅从滕知许的房间搬了出来，坐在阳台上听淅淅沥沥的下雨声，突然想起高三那一次家长会，滕知许凑在她的耳边说："下雨声很好听啊。"

她闭上眼睛，甚至能闻见当时花开的香味，沉浸在这样简单美好的时间里，她没有察觉背后有人在慢慢靠近。

"几枝。"

她慌乱抬起头，诧异地问："你怎么……"

她好像忘了，在她搬进来之前，一直是滕辅深跟滕知许生活在一起，他有这个家的钥匙，好像并不奇怪。

滕辅深缩身坐在地上，雨飘落进来，刚好落在他深色的牛仔裤上。

他手里不知道什么时候拿了个玩具，上面有黑色的印记，磨出毛茬子的边缘象征着它已经存在很久了。

滕辅深手里翻动着玩具，然后像是没有办法才开口："几枝，你帮我劝劝我哥好不好？"

在滕知许回来营南市前，滕辅深为了他曾跟滕家人大吵了一架。

滕父气得大骂他狼心狗肺，滕母拉扯他的衣服，两人左右开弓，在众目睽睽之下把那些年里的把戏重复上演。

关于滕知许是否留在营南市的问题，滕家夫妇达成一致意见，不管他去哪里他们都没有意见，只有营南市不行。

因为，他们的亲生儿子刚刚在那里站稳脚跟，他们对滕辅深有多大的期望，就有多抗拒滕知许待在滕辅深的身边。他们始终觉得，他会拖累他们的亲生儿子。

那天的家庭聚会订在一个餐馆包厢里，席间，谁都能看见滕母脸上阴沉沉的表情。

不知道谁随口提了句滕辅深的工作问题，她阴阳怪气的声音就在餐桌上响起："现在哪个单位不抢着要我儿子啊，"她看了一眼静静坐在角落里的滕知许，"就是有些人心怀不轨存心不让我们小深过好日子。"

在场的人都能听出她说的是谁，刻意捧高一个又刻意踩低一个，这二十几年里，所有的亲戚朋友可谓是已经看惯了她这样的偏心把戏，可是谁也不会去插话。

何必呢？别人家的事，少管最好，谁也不想沾一身腥。

暗暗讨论的声音，在迟到的滕辅深来时全部静止。

滕辅深最黏他哥，从小听见谁说滕知许的一点不好准闹脾气。

这么好的日子里，谁都不想闹得场面尴尬。

可是滕母不罢休，从滕辅深进门的那一刻开始，又开始了她的哭天抢地。

"当年看他可怜才把他带回来的，那时候才一点点大，看着讨喜，就让他爷爷带着他。可是没想到啊，乡下日子把他养野了，连我的话都不听了。当初为了给他治病，我们家差点儿倾家荡产啊，现在他是怎么对我们家的啊？"

滕辅深阴着脸："妈，你能不能别说了？"

滕母瞪他一眼，说得更加起劲："就不该把他带回来啊，祸害我们都祸害成什么样儿啊。"

在座的大人们当年都是看着滕知许被接回滕家的，其实大家都知道当年因为滕家媳妇迟迟生不出孩子找人把他买回来，但是这些年，在他身上确实花了不少钱。

人跟人之间，没有亲缘关系这一说的时候，就喜欢用金钱来衡量，要求对等，甚至于双方都希望能从对方身上拿回多一点点的东西。

七嘴八舌的声音之中，一个身影站了起来，他睥睨着众人，轻轻笑出声来："谢谢在座各位这么多年的疼爱，滕知许回报不了，但至少有一件事能够称得你们的心意。"

滕辅深抬头看着他,眼神里是不安和不能接受。他听见滕知许说:"从今天起,我不会再出现在滕家的户籍上了。"

然后,是滕母的惊叫声和滕父拍桌而起的暴喝。

……

撕扯,劝阻,在小小的房间里像是一场密谋已久的暴雨终于在黑暗之后洗刷大地。

滕辅深看见被爸妈拉扯的滕知许在对自己笑,嘴角微微上扬着。

他想起滕知许曾经问他:"我有让你骄傲一点点吗?"

——有,你一直是我的骄傲。

"那他们呢?"

我不知道。

我真的不知道。

啃,哥,你说,为什么这个世界上要有亲疏之分呢?流淌的血液是割舍不掉,可是比血液更可贵的,是感情啊!

那天晚上的闹剧,以餐馆的服务员报警结束。

滕母嘶喊得嗓子都哑了,她恶狠狠地冲滕知许说:"你要是想从我们家的户籍上划出去,就把这些年我们家养你的钱都还回来,全部都还回来!"

滕知许遥遥看着她,还有一旁闷声不吭的滕父,然后,他点点头:"好。"

他逆风而行,突然觉得身上轻了许多。

这些年,他所有的委屈都被风吹散尽了。

滕辅深在一家酒店里找到他,脱下的西装被随意地扔在地上,皱巴巴的。

有些东西,不合适就是不合适。

好比这件西装。

滕辅深站在门口,不敢进去。

他曾经一直猜,那个背满屈辱的灵魂会在什么时候走向光明。猜到滕知许大学报考会去营南市,猜到他修完学分之后回了乡下,猜到他回来这里浑浑噩噩地过了几年又回去营南市。

他觉得,滕知许的人生好像一直在转圈一样,来来回回,兜兜转转,他知道自己要什么,所以他等,可是他得到了,就是死也不会放手。

就好像桑几枝。

他好不容易找到的那个能牵引他的灵魂终于不再孤军奋战的人,他为什么要放手?

"哥,我算什么呢?"

点在指间的烟升起阵阵青色,他颓然地坐在床边,懊恼地问。

他用了二十年的时间陪在滕知许的身边,坚守小时候的承诺一直用力地周旋保护着滕知许。

然而这一切,就在今天晚上,突然好像变成了学生时候很努力复习最后还是考试不及格的无用功。

滕知许呆呆地看着他,歪头的姿势看起来人畜无害。他说:"小深,你不为我高兴吗?"

他当然高兴,可是他也知道,这份高兴的背后,是他跟滕知许从今以后毫无关系的代价。

他不甘心地问:"我一直以为,至少,这个家里有你割舍不下的东西的。"

滕知许点点头:"有。"

滕辅深抬头追问他:"是什么?"

滕知许从摊开的行李箱里翻出一样东西递给他:"是这些年一直保护我,站在我身前的你。"

他伸手接过来,那是好多年前他偷偷从滕知许枕头下翻出来的玩具。

就是那一天,滕知许被妈妈关进黑漆漆的衣柜里。

也是那一天,他五岁的生日,得到最好的礼物,是那块从衣柜缝隙里递出来的已经破碎的面包。

这个时候,滕知许的电话响起。

滕辅深看见他一接起电话便满脸的妥协和宠溺。他知道,有些事情，被改变的时候才叫人最难以接受。

他可以心甘情愿地一直保护在滕知许的身前，可是他没有想过，那个看起来永远需要人照顾的脆弱灵魂，已经站起身来挡在了别人的面前。

我依然是你的铠甲，可是你终于有一天，为了别人，举起了刀。

【第二十一章】
DIERSHIYIZHANG

我爱你这件事,是我这一生,最最无悔的决定。

滕知许回家的时候,家里暗着灯,一片漆黑。他站在门前,摸索着墙上的开关。

一声巨响从阁楼上传来,他顾不得房间里没有亮灯这件事,一路跌跌撞撞地穿过客厅走上楼梯。

哆哆嗦嗦的双脚踩不利索,他手脚并用爬上楼梯。

什么都看不见,他伸手探索着,触及体温的时候,像溺水的人终于抓到浮木,什么都不管了,一把搂住。

他声音颤抖:"怎么样?你是不是摔着了?"

他的双手在她的身上摸索着,摸到她的脚时又听到一声惊呼。

他慌乱地握住她的脚,轻轻地按摩着。

"是不是疼?我帮你揉揉,你不要怕。"他的声音断断续续,在黑暗的环境里像孤立无援的求救声。

腰上被圈住,他依然在安慰:"几枝,你说说话,你说话。"

无声的空间里,他所有的感觉都来自于手心里真实贴近的皮肤而已。

"滕知许,我在。"

得到回应,滕知许慌乱的声音渐渐镇定下来:"你在哪儿?"

桑几枝伸出她的手放进他的掌心里,感觉到他全身的颤抖。

"我在这里。"

像失去了所有的知觉一样,滕知许声音陡然提高:"你在哪儿?"

桑几枝扑进他的怀里,眼泪翻江倒海而来。

"我在这里,滕知许,我在这里!"

滕知许解开大衣的扣子,将桑几枝包裹进去,隔在衣料后的体温真真切切。

一辆车经过,昏黄的灯光刹那划过,她抬起头,恰好看见滕知许满是泪水的脸。

他看起来好脆弱,轻轻一碰就会碎掉的样子。

她曾经听说过黑暗恐惧症,是种让人焦虑陷入无尽的恐惧里久久不能回来的病。可是她是第一次看见滕知许这副模样,让人心疼得快要忘记怎么呼吸了。

她开始自责,怎么那么不小心撞上床脚。不然这间保险丝被烧坏的房子早已亮起了灯,才不会让滕知许像迎风的白色蒲公英一样,一吹,就摇摇欲坠。

房间亮了之后,两人和衣躺在灰白色的地毯上。

滕知许闭眼睡着,桑几枝轻手轻脚蜷身进他的怀里,贴着他的胸膛,听他的心跳声。

她觉得自己一点都不了解滕知许。

她曾经以为自己也能像滕辅深一样照顾他,可是现在看起来,好像一直是他站在她身前,就算受了伤,也不吭声打碎牙往肚子里吞。

滕知许不知道什么时候醒了过来,伸手把她往上抱了抱,两人平视。

她的眼睛真好看。

他缓缓地开口,像犯了错怕被人遗弃的小孩:"我这样很招人烦对不对?"

桑几枝摇摇头:"没有。"

"可是我好讨厌这个样子的自己。"

桑几枝抱紧他。

她曾经从桑春来那里得到好多的力量,让她可以一步一步走到现在,现在她想把这些力量分给滕知许。

因为,他们还要一起走好远好远的路。

"滕知许。"她坐起身来，很郑重地叫他名字。

滕知许撑着身子同样坐起来，他的头发有些乱，桑几枝伸手将它们理顺，动作轻柔娴熟，像为出门的丈夫整理好一切。

她眼睛清亮，里面闪着光，没有犹豫地说："我们结婚吧。"

她的声音里带着期待和坚定，让滕知许错愕。

"你说什么？"

桑几枝抓着滕知许的手，十指紧扣在一起，举在半空之中。

"滕知许先生，你是否愿意娶我为妻？"

她想告诉他，从今以后，无论他们遭遇什么，陪在他身边的都是她这个人，不仅仅只是一个名字，而是她的一切、所有，包括生命。

滕知许毫不迟疑："我愿意。"

他曾经最爱的诗歌里说：
竟如此不易，你和我
彼此在不如意的生活中
遇上一个如意的人，所以我爱你
就连同你的缺点你的道路
以及你是非难辨的过去
从此我们手拉手
向着同一个方向走，直到天黑
待生命结束，我们才结束

一回头，我们看见的不是一缕轻烟
而是我们相知的一生
深深浅浅，心心相印

他这一生，前后两段，苦和甘，因为她终于互补。
幸而是你。
桑几枝。
接纳我跟随我，让我有了想要活下去，好好生活的勇气。

婚礼从筹备到举行，只用了两个月的时间。

中间桑几枝陪着滕知许回去重新办理了户籍。他最后一次回滕家，没有桑几枝想象中的大吵大闹。

滕辅深连夜从营南市赶了回来，尽管前一天他们才见过面。

滕父坐在客厅里一言不发，整间屋子里弥漫着烟草味。滕母一直待在厨房里，直到晚饭的时候，把一盘盘的菜摆上餐桌。

桑几枝坐在滕知许和滕母中间，一只手被滕知许牵在桌下。她知道，他又不是什么铁石心肠，尽管他急于想要挣脱，可是这里也是他生活了快二十年的家。

滕母夹起流油的鸡腿，送往滕辅深碗里，却又突然停下，转弯夹进滕知许的碗里。

"要当新郎的人了，不多吃点儿当天要是昏倒了可就笑死人了。"

滕父咳了一声，饭桌上又归于安静。

桑几枝挣开滕知许握着她的手，拍拍他的肩，给他一个鼓励的眼神。

他需要一股力量，来自他最爱的人，从此无穷无尽的力量。

滕知许坐直身子，将滕父滕母面前的酒杯斟满，然后站起身，微微弓着背，双手托着酒杯。

"我很庆幸，从此以后我跟这个对我来说撕裂身体般的家毫无关系。"

滕父垂眼看着他，滕母扔掉筷子就要发作。

他接着说："可是我同样也感激当年你们没有抛弃我，让我终于有一天，还能完完整整地站在这个世界上。"

还有话要说的，可是无关紧要了。

临出门之前，他拿出请柬，蓝白色的封面上印着一间小小的院子，那是爷爷在乡下的屋子。

滕父颤抖着手接过："孩子……"他这大半辈子，想着儿子念着妻子，却独独忘记了他的老父亲，每天颤巍着身子坐在大门前，等着他回家看一看。

滕知许说："爷爷一定很想参加我的婚礼，他来不了，至少应该有人替他完成这个心愿。"

滕母收拾碗筷的手停顿，怔在原地好久。

窗外响起了车子发动的声音,她冲到窗户边,不管不顾地喊:"小许儿,你要好好过日子啊!"

她曾经觉得这辈子都不会在意这个买来的孩子,可是母亲的天性无法泯灭。

这个孩子也是在她身边长大的,就算她对他喜欢不起来,可是如果有一天,当已经成为习惯的某样东西被人生生拉扯分离开来,也是会被那一瞬的撕离带出心底的疼。

她的心里有条小小的裂缝,从今以后,大概永远也缝合不了了。

婚礼当天。

桑几枝坐在新娘房里,莫羡帮她打理着裙摆。她的皮肤好,上妆快,化着精致妆容的眼睛里好似含有一汪春水。

莫羡将头纱放下,算算时间,仪式就要开始了。

"几枝姐,这下我就该改口叫你师母了。"

莫羡穿着粉紫色的西装,梳着浪奔头,不仔细看,真的像是个帅小伙子。

当初桑春来求着莫羡穿小礼服,莫羡死活不同意。

桑春来咬着小手绢抱怨:"没天良啊,别人男朋友是不让女朋友穿裙子给别人看。我的女朋友呢?她都不给她的男朋友看啊!"

桑几枝手里拿着捧花,先递给了莫羡。

"这花我给你了哈,等会儿你一定抢着,我可不想我的弟弟真的打一辈子光棍。"

莫羡红着脸:"谁说我要嫁给他了,不害臊!"

桑几枝把捧花从她手里拿回来:"那还是给别人吧。"

莫羡心急:"哎,你都给我了!"

桑几枝好笑地看着她:"那以后你还得跟着桑春来改口叫我姐了。"

莫羡把看着捧花,粉色的玫瑰中间点缀白色的满天星,用蕾丝花边仔细包裹着,精致又漂亮。她心里生出幻想,偌大的礼堂,只有她跟桑春来两个人,不需要誓言,只要站在对面的人是他,不管哪里,她都愿意跟着他去。

清扬嘹亮的演奏曲响彻大厅。

桑几枝站在红毯入口,左右两边站着桑爸和桑海。

桑海凑近她的耳边:"从今以后,你一定要幸福。"

桑爸擦掉泪水:"你跟我女儿说什么悄悄话呢!"

桑海反驳:"她是我女儿!"

她看着两人因为激动就要夺眶而出的泪水,忍不住伸出手拥抱他们。

她多幸运,一生一次的出嫁,她最重要的人都陪在身边。

两个人带着小孩子气的争吵在桑几枝的眼神里停止,她贴近两个泣不成声的男人耳侧:"我爱你们。"

红毯的两边,是应邀而来的滕父滕母,还有跟桑海和解的裴念文,桑妈坐在位置上哭得像个泪人还要努力维持嘴角上扬。

尽头处,挺身站立的那个人,含情脉脉地看着她。

她空白的脑袋里,只有一个名字——滕知许。

我这段人生,曾经破碎难堪,幸得上天垂怜,要你来拯救我。也许以后为了柴米油盐我们会争吵,也许我们哪天也会不堪重负停止往前。可是没关系,因为我知道,我爱你这件事,是我这一生,最无悔的决定。

滕知许牵着她的手,站在神父面前宣誓:

"我滕知许,愿意娶桑几枝为妻。这一生,我对她,绝不辜负。"

—全文完—

【番外·桑春来】
FANWAI SANGCHUNLAI

桑春来曾经做过一个梦。

荒沙地里,他负重艰难前行,最后一滴水喝尽之后,他虚晃得眼睛就要睁不开。

他想,就快结束了吧。

这个梦,真的是一点也不美好啊。

可是梦里的他依然走着,不知道要走去哪里,也没有目的地。

因为心里一直有个声音:往前走,快了,就要到了。

他走过干涸土地,走过温润四季,走到双脚没有知觉,下一秒就可能跌倒再也不能挣扎起来。

直到他看见那个蹲坐在寒冷冬夜里的女生,衣衫褴褛,泪流满面。

他想，是因为要遇见你吧，所以我走了很久很久的路，来到这里，靠近你，保护你。

没有如他所料想的一样。

那个看起来瘦弱的女生在他伸出手的那一刻，挺直了腰，问他："你是来找我的吗？"

他点点头。

"我是来保护你的。"

"为什么呢？"

"我不知道。"

女生往后退了一步："那我不跟你走了。"

他抓住她的手，指着有光的地方："那这样，我们结伴，往那前面走。"

女生看过去："会遇见那个一直保护我的人吗？"

"会的。"

"那你呢？"

他干渴的喉咙难受得要命："我也会遇见我要一直保护的那个人。"顿了顿，"在那之前，我先保护你。"

就这样，他们结伴而行。

往前走，一直走。

这一路，他们相互扶持，彼此给予力量。

女生没有他想象中的那样柔弱，至少，她也徒手杀死了一只对他虎视眈眈的豺狼。

他擦掉额头上的冷汗，颤抖的身子被掩在女生的后面。

那是他第一次觉得自己没用。

孤单的旅程因为多个人，热闹了起来。

他给她讲在相遇之前，他所有的经历。

大漠里的生石花，两年滴水未沾也能再次活过来；荒原里的秃鹫，是灵魂转世的接渡者；还有长河里生命依然鲜活的上龙……

那些奇妙又怪趣的经历，他说起的时候眼睛里有光。

他把一切都分享给她，可是她好像依然不开心。

"为什么你总是不开心呢？"

"我不知道。明明觉得你说的事情都很好玩，可是我就是笑不出来。"

他背着她前行，穿过白昼黑夜，年月流转。

追逐、逃跑、求生，一路危险重重。

女生说："你走吧，我自己一个人去前面。"

"不行，我说过会保护你。"

女生摇头："你不能一直保护我的。"

"我知道,但是至少,我要把你安全送到一直保护你的人身边。"

他牵住她的手。

他们冲破危险,一路奔跑,摔倒无数次,可依然手拉手没有丢下对方。

直到越来越接近光亮。

直到第一缕光映照在他们身上。

他揉了揉眼睛,再睁开,是他的房间。

那一天的阳光很好,春末的日子里,整个营南市都暖洋洋的。

他站在礼堂的一角,看着神父面前的站得笔直的男人。

逆着光,看不清脸。

可是他心里好像确定了些什么。

婚礼开始。

他看见新娘在两位父亲的陪同下走来,笑得幸福的脸上丝毫看不见梦里哭得满是泪水的模样。

他在红毯一半距离的地方牵住她的手。

前一个晚上,他说:"我还想再陪你走一段路。"

因为从今以后,有个会一直一直保护你的人,牵着你的手,勇敢往前,绝不撒手。

那至少,我也要有份送你去到他的身边。

他们的脚步一致，皮鞋与高跟鞋踩在红色软毯上，有不言而喻的默契。

跟梦里一样，他牵着她的手，往前走，一直走，直到走到光亮的面前。

桑几枝，我做到了。我仅有的唯一的，能给你的保护，就是带你去往那个一直一直保护你的人身边。

所以，从今以后，祝你幸福，一定幸福。

他落座席间，握住旁边的人的手，十指紧扣。

【番外·滕辅深】
FANWAI TENGFUSHEN

滕辅深的第二十九次相亲,依然以失败告终。

跟他年龄相持平的相亲次数,说出去的话,应该会让人笑掉大牙吧。

他的样貌好,工作也稳定,为人儒雅,明明是女生最爱的类型,可惜每次向对方提出再见面时,都被拒绝。

二十九次,十次是因为觉得他这个人闷闷的不好相处,而另外的原因,都是因为现在正站在他面前的小女孩。

不足桌子的身高,踮着脚转了一圈儿,好似不满足,又来了一圈儿。

滕辅深无奈地抓住不停歇的人,问她:"滕枝枝,你爸妈呢?"

女孩提起粉红色的裙边:"好看吗?"

答非所问。

滕辅深撑额看着她,叫了一份草莓布丁,等她吃完,已经是下午五点了。

　　"你爸妈呢?"他再问。
　　女孩不理他,先跑出咖啡厅,站在玻璃窗前,指了指停在路边的车。
　　他结账走出来,打开车门,看着女孩费力地爬上车座。
　　女孩指了一下车座,奶声奶气地问:"叔叔,今晚我睡你家好不好?"
　　滕辅深摇摇头:"不可以。"
　　"就一晚!"胖乎乎的食指竖在半空中。
　　没有回答。
　　滕辅深上了车,发动。
　　一路熟悉的风景经过,滕枝枝知道,她成功了。

　　她是在秋天出生的。听说在那个落叶满地的秋天里,滕辅深开始了人生的第一场相亲,最后因为她的降临,从相亲现场匆匆跑来医院。
　　也许是小小的良心觉得不好意思,从小她就黏着滕辅深。
　　妈妈做的好吃的,她偷偷地藏起来,下一次特意带给滕辅深;爸爸教会她写的每一个字,她都努力写得好看一些,为了写给滕辅深看……

　　还有好多事情,她都迫不及待地想要分享给他。

　　家里没有人。
　　滕辅深站在她的房间门口,地上是凌乱的玩具,其中一半都是他买的。
　　滕枝枝坐在客厅里,自顾自地看着电视。
　　滕辅深叹了口气,将房间收拾好,煮好晚饭,两人坐在餐桌上慢慢吃着。
　　滕枝枝挑食,青椒扔了一桌子。
　　滕辅深等她吃完饭,站在桌子前。
　　在眼神的逼视下,滕枝枝不情不愿地把青椒清理进垃圾桶,然后很诚恳地说:"我再也不浪费了。"
　　"那垃圾桶里的怎么办?"
　　滕枝枝捏着裙边,低着头跟他商量:"我背《悯农》给你听好不好?"
　　"还有呢?"
　　没想到会让滕辅深不满意,她摇摇头:"没有了。"

　　那个晚上,滕枝枝被罚抄了十遍九九乘法表。
　　尽管她根本背不下来,尽管她不懂这跟她浪费粮食有什么关系,可是至少滕辅深在看见她的作业本后，笑了。

  从她会认人开始，她就觉得，滕辅深是世界上最帅的人。虽然她的爸爸和舅舅也长得好看，可是也只能排在滕辅深的后面。
  他每次都是淡淡地笑着，像世界上最好吃的糖果，还像……反正就是最好了。
  所以她毫无能力承担责任的双手，也想用力地为他托起什么。
  可是，他缺什么呢？
  他那么好的一个人，除了老婆什么都不缺。
  她在妈妈的面前发誓，一定一定要给滕辅深找个世界上最好看的老婆。
  "比我还好看的吗？"妈妈问她。
  她搅着手指，吞吞吐吐地说："你不好看。"
  爸爸一指弹上她的脑门："瞎说什么，明明你妈妈最好看。"
  说完俩人还在她的面前亲亲，羞死人了。

  滕辅深没有回家，跟滕知许通过电话之后才知道，桑春来的妻子今天预产期，一帮子人现在正在医院里忙活。
  "你知道她最黏你了，你就帮帮忙照顾一晚上好不好？"桑几枝在电话那头拜托着。
  一回头的时候，正好看见滕枝枝耷拉着脑袋看他。

"怎么了？"他拍了拍沙发旁边的位置。

粉色的身影瞬间窜到他身边，扎成双马尾的头发垂在肩膀，她问："叔叔你是不是生我气了？"

失败的相亲背后，都是她在捣鬼。

滕母不止一次地跟桑几枝抱怨："这个鬼灵精，是不是不想她叔叔给她找婶婶啊？"

她说："是奶奶介绍的阿姨都不好看。"

滕母好笑地问她："那枝枝觉得谁最好看呢？"

她想了想，咧开嘴笑着："方姐姐！方姐姐最好看了！"

滕母问："谁？"

滕知许走完最后一步棋，看着女儿古灵精怪的样子解释着："小深带的实习生，叫方洁。"

桑几枝接着话："就住在我们家对面。"

滕枝枝赶紧拉住说出最大秘密的妈妈，然后转头一本正经地跟滕母说："奶奶不要告诉叔叔哦，不然就没有惊喜了。"

装作大人的模样让人发笑，也没人当真。

所以当第二天早上，滕辅深只穿着一条裤衩出现在楼道时，滕枝枝嘴里的方姐姐以为自己魔怔了。

那个平时不苟言笑，高冷得如同坐在珠穆朗玛峰顶的师父，手里提着垃圾袋,睡眼惺忪,毫无形象可言。

同样魔怔的,还有滕辅深。

至少,他从来没有想象过有一天会被人看见裸体,上半身也不行。

两人在静默的楼道里无交流地对视着,直到一个软软糯糯的声音响起。

"呀!叔叔你怎么不穿衣服啊!"

尴尬的局面终于被打破。

滕辅深在关上门的瞬间,看见方洁红得就要滴血的脸。

自从那一个早上以后,滕辅深发现,他再看方洁的时候,心里都有被抓痒痒的感觉。

不管是吃饭、作报告,还是每天下班之后她说的一声"再见",他都想让时间再留一会儿,再留多一会儿,他想多看看她。

滕枝枝五岁生日的那一天,桑几枝为她举行了一个小小的派对。

来的人很多,大家都坐在一起聊些有的没的,只有滕辅深不怎么合群,一个人坐在阳台上。

到许愿吹蜡烛的时候,滕枝枝拉着妈妈问:"方姐姐真的不能来了吗?"

桑几枝低下身跟她说:"方姐姐说很抱歉哦,不能跟枝枝一起过生日,因为今天是姐姐很重要很重要的日子。"

滕枝枝跑到阳台边上："我知道！今天是方姐姐相亲的日子，所以她不能来！"

故意的。

滕辅深明明知道她是故意讲给他听的，可是依然一字不落地听进耳朵里。

生日愿望一直没有许，大家围在一起哄着滕枝枝，最后还是拿她没有办法。

一直没有参与进来的滕辅深站起身来。

他问嘟着嘴的小女孩："想要婶婶吗？"

滕枝枝拍手："想！"

滕辅深笑着问她："方姐姐怎么样？"

滕枝枝扑进他的怀里："好！"

滕辅深马不停蹄地赶去方洁相亲的地方。

被叫去买果汁的桑春来问："辅深哥急匆匆地去哪儿啊？"

滕枝枝吃了满嘴的奶油："接婶婶！"

桑几枝刮她的鼻子："鬼灵精！"

后来，滕辅深问小小的女孩："那天是你故意说去我家的，对不对？"

滕枝枝把求婚戒指递给他:"对啊,因为以叔叔那么别扭的性格啊,才不会老老实实跟着我回家呢。"

滕辅深想,滕枝枝一定是上天送给他的天使,回赠了他这些年付出的爱,又再收获一份爱。

滕枝枝推着他往前走:"叔叔加油!"

他一步一步走得坚定不移,一直走到女生面前。

单膝跪地。

他放在背后的手终于伸出来,戒指举在手里。

他问:"方洁,你愿意嫁给我吗?"

文 / 打伞的蘑菇

《学霸住我家隔壁》

从不近人情的冷漠瞬间变成"非女主不可"的逗比！！！
昨天还爱答不理，今天就倒贴不已？

【男主因一场意外忽然"精分"从高冷学霸变成灿烂学渣】

心动片段欣赏：♥♥♥♥♥

　　谈禹虚压在我上方，一手撑着地板，另一只手垫在我的脑后。

　　背后的冰凉和身前的灼热双重刺激着我的神经。整个房间就只能听到我心跳的声音。我有些僵硬地对上他的目光："谈……谈禹……"

　　"嗯？"他的声音里有我从来都没听过的暗哑，让我有点口干舌燥，"你现在是……非常讨厌我的那个，还是……有点喜欢我的那个啊……"

　　我怯生生的表情倒映在谈禹的眼睛里。许久，他笑了一声，呼吸落在我的眼睑："你猜呢？"

　　他吻下来。

　　别猜了，从始至终都只有一个，非常喜欢你的那个。

/ 上市时间：2018 年 06 月 /

欢迎进入**大鱼官方淘宝店**，直接购买
2018 满屏惊喜藏不住，多重好礼送不停！

惊喜一：大鱼文化所有图书上市第一时间，编辑部直发。

惊喜二：签名本随机掉落，预售更有责编、作者精心挑选的超值礼物，送完为止。

惊喜三：每周末都有赠书活动，新书折扣优惠大量放送。

小花阅读微信
扫一扫免费阅读作者
其他作品／最新消息

桑枝

你愿意跟我共用一个人生吗?

图书在版编目（ＣＩＰ）数据

桑枝 / 野桐著. -- 贵阳：贵州人民出版社,2018.6
ISBN 978-7-221-11933-9（2020.1重印）

Ⅰ.①桑… Ⅱ.①野… Ⅲ.①言情小说–中国–当代 Ⅳ.①I247.5

中国版本图书馆CIP数据核字(2018)第083988号

桑枝

野桐 / 著

出版统筹：	陈继光
选题策划：	大鱼文化
责任编辑：	胡　洋
特约编辑：	廖　妍
封面设计：	刘　艳
内页设计：	米　籽
封面绘制：	苡米昔
出版发行：	贵州人民出版社（贵阳市观山湖区会展东路SOHO办公区A座 邮编：550081）
印　　刷：	三河市华东印刷有限公司
开　　本：	880×1230毫米 1/32
字　　数：	175千字
印　　张：	9.125
版　　次：	2018年6月第1版
印　　次：	2018年6月第1次印刷 2020年1月第2次印刷
书　　号：	ISBN 978-7-221-11933-9
定　　价：	39.80元

贵州人民出版社微信

版权所有　盗版必究 。举报电话：策划部0851-86828640
本书如有印装问题，请与印刷厂联系调换。联系电话：0731-82755298